人生の謎について

松尾スズキ

目次

装丁　名久井直子
撮影　井上佐由紀
スタイリング　安野ともこ
ヘア&メイク　天野誠吾

挿画　坂本千明
編集　ＧＩＮＺＡ

協力　北條智子（大人計画）
衣装協力　ＢＥＡＭＳ、ＣＡ４ＬＡ

JASRAC 出 2107122 − 101

本書は『ＧＩＮＺＡ』２０１８年６月号〜２０２１年９月号に掲載された連載「人生の謎について」をもとに若干の加筆・訂正をいたしました。日付、年号、年齢などは雑誌発売時のものを掲載しています。また、本書Ｐ１８３の「あとがき」は書き下ろしです。

第一回　正解の挫折

「たられば」の話はするなとよく人は言う。そうは言ってもと私は思う。人生というものは選択の連続で、あの時「こうしていたら」「こうしていれば」という思いは、どうやったって発生する。我慢できない。私は連載第一回を目の前にして「たられば」を我慢できない。

子供の頃、将来は普通にマンガ家になるものだと思っていた。絵が得意だった。いや、得意だと思っていたのだ。小学生の頃は、ノートに鉛筆でマンガを描いていた。赤塚不二夫先生に強烈に影響を受けていたので当然ギャグマンガだ。高校にあがるとケント紙にペンを使って墨汁で描くというプロと同じスタイルで描き、初めて描き上げた作品を少年ジャンプに投稿したら佳作候補になった。誌面に名前が載っただけだが、お調子者の私は簡単に舞い上がった。十六歳で佳作候補なら、もう二十歳くらいになればプロになれてんじゃないの？

私はそれから一切勉強をしなくなった。で、貧乏な親に無理を言って地元九州の美大のデザイン科に行かせてもらった。大学では当然マンガ研究会に入った。そして、私は人生初めての、やけにくっきりした挫折を味わうのである。九州には美大はその一校しかない。よって、その美大には九州中の絵のうまいやつが集まり、美大の漫研には、さらによりすぐりのうまいやつが集まるのである。そこでは、十六歳で慢心してデッサンの勉強をしなかった私の古臭い絵なんて、てんで通用しなかった。勉強もダメ体育もダメ、唯一の心の拠り所だった絵もさほど、ということになると私のプライドはズタズタである。で、そんなときに、漫研の斜め前にあった演劇研究会の部室から凄い音量で発声練習の声が聞こえてきて、なぜだかそれに不思議な興味が湧き、見学に行ったら部員が数名しかおらず、非常に居心地が良さそうなので入部することになった。二回生になるとさらに部員が減り、いきおい私は、作・演出・出演を一手に担うという、今やっていることとまったく同じスタイルを十九歳の頃から手に入れてしまったのである。そして私の芝居はどういうわけか大ウケし、福岡中の演劇人が見に来るようになった。

が、もちろん芝居で食っていけるなんて当時は微塵も思わないから、四回生の頃にはスパッとやめバイトと就職活動に専念した。しかし、芝居にかまけ勉強を怠けていた私は、デザイン会社への就職もままならず、ほとんど誰でも入れるような印刷会社に就職し、触ったこともない印刷機のオペレーターをやることになった。ところがその仕事がかなり過酷で、腱鞘炎を患い、わずか十カ月で退職してしまった。それから私は、細々とイラストの仕事をしながら、夢よもう一度とばかりに、出版社に出向きマンガの持ち込みを始めたのである。結果、当時いがらしみきお先生に影響を受けていた私の作風は、「シュールすぎる」とことごとく門前払いをくらい、まんまとまた挫折したのだ。が、正解の挫折だった。今、ギャグマンガはほとんど衰退しているからだ。

気がつけば二十五歳になっていた。

追い詰められた私は、「どうせ食えないんなら芝居でもやるか。ダメだったら野垂れ死にだ！」

人生って、なんなんだ。

と、半ばやけくそで大人計画を旗揚げした。そうしたらどういうわけか次々と面白いやつや優秀なスタッフが集まってきて、倍々ゲームで客が増え、今もまだ増え続けている。それが三十年続いている。

もし、十六歳でマンガ賞をとれていたら、美大に行かせてもらえなかったら、劇研の発声練習が聞こえてこなかったら、会社で満足に働けていたら、マンガの持ち込みが成功していたら…。数々の「たられば」のトラップを、野垂れ死にをチラチラ視野に入れつつギリギリでかわしてなんとか生きている、という事実に、朝起きて時々身震いする。

危なかった…と。

偶然の「たられば」に私は生かされている。つくづくそう思う。

第二回　ほしたらな

私は、親友というものをもてない。それにはわけがあって、そのことを書こうと思う。

この頃は芝居をやればやるほどへとへとになる。なにしろ毎回、数万人の客を相手にするのだ。それを思うと一番風当たりの強い場所にいる私は、いや、それこそが面白いのだが、どこかでビビっている。その事実に知らぬうちに身体がひどくこわばるのだ。

今、朝、一人書斎で原稿を書いているが、一人、いい。この静寂に満ちた時間がとてつもなくいい。

そう感じるとき、大学に入り、初めて演劇に触れたあの頃のことを思いだす。

演劇がたまらなく好きで、授業が終わって演劇部の部室に行くのが楽しみでしかたなかった頃。そこで初めて親友もできた。

私はデザイン科でNは写真科だった。Nは、漫画ばかり描いていた私と違い、高校演劇から芝居をやっていて、部の中でもずばぬけて芝居がうまかった。私とNとが舞台に立つと、小さい劇場ながらとにかく「無敵だ」という感覚に包まれるのだった。私たちは、いつも稽古後、Yという共通の友人の家に集まり朝方まで酒盛りをしては、芝居や映画や美術の話をしていた。今、稽古後、たまに飲んでもくだらないエロ話をして十一時ごろには帰り、ＹｏｕＴｕｂｅを見ている自分には考えられないことだ。

大学を卒業し、私とNは上京し、私は印刷会社、Nは設計の会社に就職した。私はその後すぐ、仕事をやめ劇団を作った。

集まった劇団員は素人ばかりで、田舎で作っていた芝居のレベルにまったく及ばず、Nさえいてくれれば、と何度思ったか知れない。プロになりたいと思っている奴らが学生演劇時代の仲間に到底及ばないというジレンマに苦しんだ。一方、Nは会社を独立し、順調だった。「月収が百万超えた」と報告を受けたときには、私はまだ皿洗いの仕事をしながら年下のコックに怒鳴られていたのだ。そんな時代もあったし、昔付き合っていた彼女がNと浮気をしていたという事実を後から知っても、Nとの関係は壊れることはなかった。

十年ほどの時が立ち、Nと飲んでいるとき「とんでもない仕事を任された」と告げられた。それは、バカでかい規模のテーマパークの設計だった。「何社も関わっとる。失敗できん」。そういうNの表情は、緊張感と充実感に満ちていた。私もその頃、ようやく賞をとり、大人計画の大劇場への進出も決まり、そこそこ足場も固まってきていた。お互い結婚し、Nには二人の子供もできた。

しかし、その後すぐ、Nの仕事は暗礁に乗り上げた。企画から一社去り、二社去り、青ざめた表情のNからとんでもない話を聞くことになる。

「もう、この企画に関わった人間が何人か死んどる」

ある夜、Nは酔って大荒れに荒れてそう言った。そんなドラマのような話、にわかには信じられなかったが、Nはさらにその後、こんなことを言うのだ。「大人計画に入れてくれんやろか。俺、家族おるけん月に三十万はいるんよ」。さらに芝居を書いたから読んでくれと、分厚い原稿も渡された。

どだい無理な話だった。四十に手の届く男を今さら「友達だから」という理由で劇団に入れることはできなかったし、いきなり毎月三十万も稼げるわけがない。宮藤官九郎でさえ、やっとバイトをやめられた時期なのだ。

「松尾、脚本読んでくれた？」

それからそんな電話が何度か来たが、初めての大劇場進出の準備のプレッシャーで私はそれどころではなかった。それに彼から脚本の内容を聞いても観念的すぎてとうてい上演できるものではないと思った。

本番間際の早朝、彼の奥さんから、「Nが死にました」と、電話が入った。自宅のリビングで逝ったのだった。

一週間ほど前に電話があった時「読んでないんか。わかった。…ほしたらな」と言ってNは電話を切った。それが最後の会話だった。

楽しまなきゃと思う。

あのときの、Nの妙に明るい声を思い出すたび、三十年も演劇をやれている幸せを思い出して、楽しもうじゃないかと私は思う。思い直す。今日もその時の劇場で上演する芝居の稽古に行くのだ。

ただ、もう、親友というものはどうしても作れない。まあ、そもそもなってくれる者がいるのか、という疑問もあるが。

まだ、Nが書いた脚本は部屋の隅にある。

どうしても読めない。

人生って、なんなんだ。

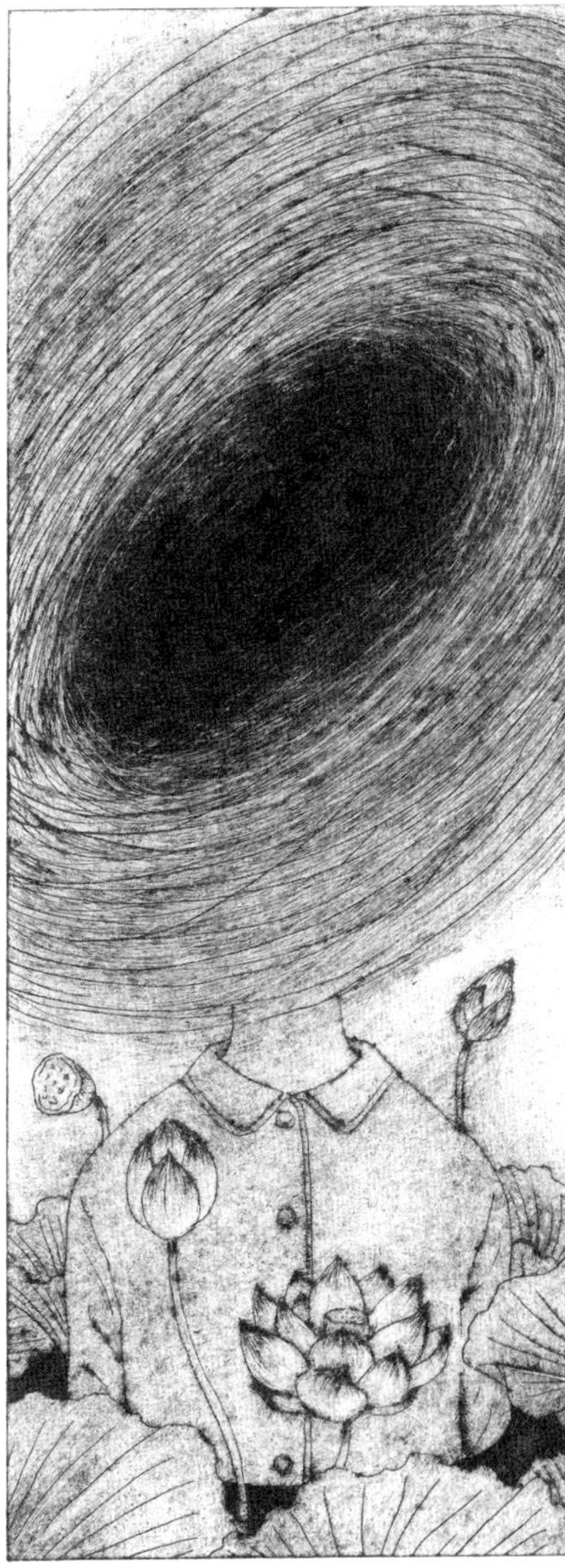

第三回　穴からいでて…

人間にはいくつかの穴がある。たいがいは見せたくはない穴なので、それは隠されている。目、耳、鼻、見えている穴もあるが、覗き込まれると困惑する。いろいろあるがおのれの穴の件は、そっとしておいてほしい。誰しもそんな風情で町を歩いている。

ところで、数年前、故郷を失った。

北九州のある田舎町の借地に建っていた家だった。最後まで住んでいた母が介護型老人ホームに入り、老朽化も進んでいたので盛大に取り壊したのだ。

小さな山のふもとの家だった。山の入り口には鳥居が立っていた。山のてっぺんに慰霊碑があるのだ。戦時中、アメリカのB-29に体当たりして落としたゼロ戦がそこに落ちたのだという。だから、その山はタイアタリと呼ばれていた。石碑の周りはちょっとした広場になっていて近所の子供の遊び場になっている。子供なので無邪気に「今日、タイアタリ行こうぜ」なんて言っていたが、よく考えなくても悲壮感漂う山の名である。

去年、劇作家のI君が、私の生家のあった場所に行ってみたいというので、歌手のM君も連れて、はるばる北九州に帰った。

私の家のあった場所は、平たくならされ駐車場になっていた。

「この辺で生まれたんだよ」

私が指さした場所には車が停まっていた。

「え？　松尾さん、自宅出産ですか？」

四十代と三十代の二人は驚いた。私は、五十五年前タイアタリのふもとの小さな平屋で生まれた。

その場所を示すのは妙に恥ずかしかった。なんだろう。自分が生まれた場所を見られるのは、なにか秘めているべきだった穴を見せているような気恥ずかしさがあったのだ。

それからみんなでタイアタリに登った。タイアタリの碑もそうだが、その奥にある防空壕も見せたかったのだ。そこには、女の下着を盗む変態が住んでいたという噂があった。旅のネタとして笑える。しかし、いざ行ってみるとその場所は、さまざまな木や背の高い草や蔦で覆われ、とても入り込める場所ではなかったし、それでも無理に分け入ろうとすると、なぜか、雷が鳴りパラパラと雨が降って来るのだった。タイアタリの碑が、その穴をどうしても見られたくなかったのだろうか。嘘のようだが、本当の話だ。

その旅行も含め、最近北九州にはよく帰る。母に会うためである。福岡に住む姉と、色々あって連絡がとれなくなり、もはや、母の面倒は遥か遠くの東京に住みながら私と妻がすべてやらなくてはいけなくなったのだ。

母は、数年前脳出血をやってから、寝たきり状態だ。もともと重いアルツハイマーだったが、寝たきりになってからは、喋ることも感情を伝えることもできなくなり、寝て、食べて、排泄するだけ。完全看護付きの老人ホームで、私たちは、ベッドの傍らに座り、母親を眺めることしかすることがない。話しかけても無反応。「こー、はー」というダース・ベイダーのような呼吸音を聞くだけだ。

しかし、魅了されてしまう。母の顔の中でぽっかり空いた口の存在感は尋常でない。そこにスプーンで食べ物を持って行くと、すっと、唇がそれに近づく。うっすら開いた灰色の瞳は、息子の私の顔には無反応でも、食べ物のことは認識するのだ。

生きようとしてる。その穴が、恥ずかしげもなく「生きたい！」と訴えている。人間、最後の最後には、すべての穴を開放し、最後の生にしがみつく。そのことに無条件に感動してしまうのだ。かつて、ここに入って行った食べ物を私は母の胎内で受け取っていた。この穴を経由して、私は今、ここにいる。故郷の家を失い、駐車場にしてしまった。しかし、ここに私を作った穴がある。ならば、母が死ぬまで、この穴が私の故郷だ。里帰りとはおおむね所在ないものであるとすれば、ここでの所在なさも納得がいく。そう思うようになって、この九州の山の中の介護型老人ホームに通うのもさほど苦ではなくなった。

話をI君たちとの旅に戻そう。

一通り、私の育った近辺を散策して、もう一度件の駐車場に戻った時、M君が奇声を張った。

「松尾さん！　スズキです。松尾さんが生まれた場所にスズキが停まってます！」

確かに私が生まれたであろう場所にスズキの車が停まっていた。私が東京で松尾スズキになっている間に、私の生まれた場所もひっそりと「松尾」の生まれた場所の「スズキ」になっていたのだ。

なんだか泣きそうになりながら、私は爆笑したのだった。

人生って、なんなんだ。

第四回

生きる、という騒音について

この夏は暑すぎる。暑いと蝉がうるさすぎる。となると、子供の頃を思い出す。お盆などで両親の田舎に帰ると、それが、田舎にすぎるほどの田舎なので、蛙や蝉の鳴き声がうるさすぎて夜眠れないのがつらかった。

不思議だったのは、飼っている犬や猫は平気で寝ていることだ。子供ながらに犬猫の方が人間より聴覚が優れていることくらい知っている。彼らにしたら蝉や蛙の鳴き声は、私だったら発狂してしまうかもしれないような騒音なのではないか。しかし、犬猫は柳に風の風情で安らかに寝息を立てている。それが謎だった。

今考えると、動物には「うるさい」という感情がないのかもしれない。だから逆に、自由気ままに吠え鳴き散らかすことができるのだろう。自分に「うるさい」という感覚があれば、少しは遠慮するものだ。

私は子供の頃、多動的なところがあり、常に父親に「うるさい！」と怒鳴られながら育った。「うるさい」は怒られる。今も私の中には常にそれがある。芝居で大声を出す分、日常ではなるべく静かな男として生きている。なので、居酒屋での注文が、ぜんぜん通らない。それは、ちょっと困る。

三十六歳のとき、結婚してある町に家を建てた。住宅密集地だったが、三階に行けば視界が開ける窓が一つだけあり、そこからは東京タワーが見えた。見下ろすと、二階建ての古い家があった。

住み始めてすぐ、その古い家に住む老夫婦から怒られた。

「エアコンの室外機の音がうるさいんですけど

…」

夫婦そろってきたが、旦那はうつむきがち、主体はご婦人の方にあるようだった。

私たち夫婦は、さっそくエアコンをつけた状態で室外機のところに行き、耳をそばだてた。

「…うるさいか？」

最新のエアコンである。

「ぜんぜん…」

二人とも困惑した。何かの間違いだろう。そう思うことにした。迷ったが夏だったので夜タイマーをかけてエアコンをつけて寝た。

翌日、老夫婦は、また我が家にやってきた。

「室外機がうるさくて、ノイローゼになりそうです」

二時間ほどつけただけなのに…。

私たちは不動産屋を呼んで相談した。不動産屋は、室外機に耳を近づけ「…まったく問題ないレベルですね。多分、あの家はエアコンをつけてなくて、エアコンのある家に嫉妬されてるんでしょう」と言った。

嫉妬？ そういう問題なのか？ しかし、老夫婦が我々の室外機に異様な執着で耳をとがらせていることだけはわかる。試しに、エアコンは老夫婦が寝たであろう夜の一時過ぎにつけることにした。そうしたらピタリと怒られなくなった。そうなると、彼らも我々の室外機に油断したのだろう。一カ月もすると普通につけていても一切怒られなくなったのだ。じゃあノイローゼになるほどのうるささはどこへ消えたのだ。逆に聞きに行きたかった。その後も、我々はなるべく静かに生活した。

それから八年たって、私たちは離婚した。私は一人でその家に住むことになるのだが、途端に心労と過労で体調を崩し、半年間自宅で静養することになった。

それに合わせるかのように、隣の家の解体工事が始まった。老夫婦はおそらく息子たちの家に住むことになった。

ズガーン、バリバリバリ、バキバキバキ、ガガガガガ！

とてつもない騒音で毎朝たたき起こされた。騒音は、陽が沈むまで続いた。

療養中なので静かにしてください、とは、言えない。これは、人が人として営むために欠かせない騒音なのだ。私の家もそうして建ったのだ。にしても、本当にノイローゼになりそうなうるささである。老夫婦め、エアコンごときでクレームをつけたくせに、とんでもない置き土産を…。しかも、夜になると、隣のアパートに引っ越してきた女子大生が窓を開け放ったまま激しいセックスを始めるのである。

私は、完全に睡眠不足に陥った。

騒音は一カ月続き、更地になった後、ほっとしたのもつかのま、今度は新家屋の建築が始まった。

ズガーン、バリバリバリ、バキバキバキ、ガガガガガ！

それがまた一カ月続いた。

「助けてくれ！」

私は、唯一静寂を感じられる風呂場に逃げ込み本気で叫んでいた。

よく考えると、すべての動物の中で一番うるさいのは人間である。メタリカよりうるさく鳴く蟬はいない。うるさいくせに「うるさい」という感情を持つ、やっかいきわまりない動物なのだ。

新築が完成した。それは三階建てで、唯一東京タワーの見える窓の目の前に、三階のバルコニーがドンと立ちふさがった。ともあれ、これで、静寂が訪れた。

が、そこに新しい家族が住み始めるやいなや、そのバルコニーから、彼らが飼っている小型犬がけたたましく鳴き始めたのだ。毎晩である。今でもあの犬に教えてやりたい。「うるさい」という感情を持つ人間の不幸を。その複雑さを。

人生って、なんなんだ。

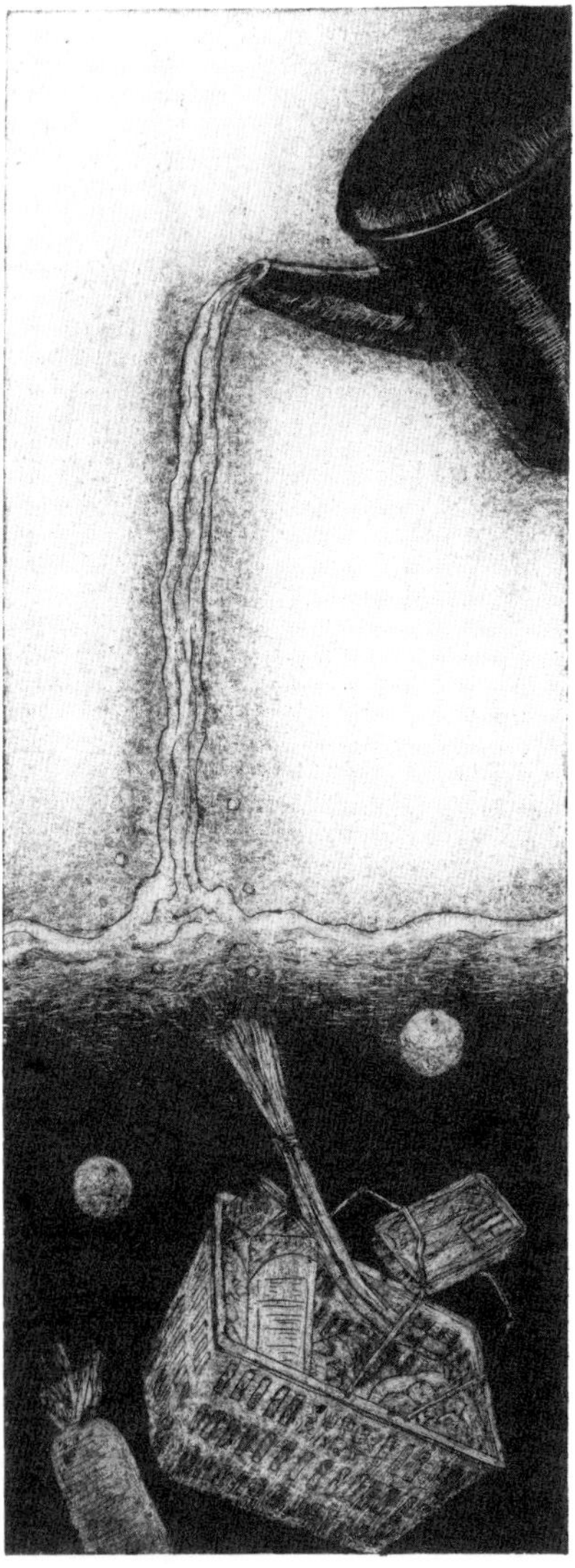

第五回　親切の沼

「愛は負けても親切は勝つ」

　私が若い頃むさぼり読んでいたアメリカの作家カート・ヴォネガットの言葉だ。その意味をすべて理解しているわけではないがこう考える。愛は犬猫にもありそうだが、親切というものは人間が人間らしくあるように作り上げた「理性でコントロールできる感情」だからではなかろうか。愛は素晴らしいが、やっかいなのは、純粋である故コントロールできない点だ。宗教を愛の物語であると考えれば、こじれた愛が巻き起こすトラブルを、我々は世界レベルで目の当たりにしている。

　大好きな作家の言葉であるので、私も常日頃親切な人間であろうと努力しているし、歳を追うごとに私の親切にはコクが出てきている、はずだ。近頃は、蕎麦湯を蕎麦にかけようとしている外国人がいたら「イッツ・ア・ソバ アフター・ドリンク！」ぐらいの提案はしてあげられる。若い頃は、こんな簡単なことができなかった。親切でなかったからではない。人見知りが激しくて、見知らぬ人に声がかけられなかったのだ。たとえカレーを食べなくてもインド人はインド人とみなされるのに、根に親切を持った人間でも、その親切をせぬかぎり、親切な人間とはみなされない。そこに人見知りと親切の哀しい関係がある。今私は赤の他人に親切にできる。

　私の親切はもう身体の外側にある。

　そんな風雪をへて築き上げた親切であるのに、たまにさっくりと鮮やかにふみにじられることがある。

　ある日、スーパーでレジに並んでいるとき、自分の買い物がかなり多くて、真後ろに並んだ若い客の買い物が菓子パン一点であるのを見て「順番を譲ろう」という大変合理的な親切に目覚めそれを実行した。が、信じられないことが起きた。「さあ、どうぞ」とほんのりとした笑みとともに譲られた若者が「さも、当然」といった面持ちで会釈すらなく前に並んだのだ。

私は心で叫んだ。

えええええ!?　と。

最低限「どうも」か、軽い会釈でしょう。

私は、当然事態を看過できず、かといって「今譲った順番返してもらえませんか」とも言えず、家に帰って妻に「ありえるか、これ?」と事の次第を説明し詰め寄った。

そうしたら、妻は一瞬眉間にしわを寄せこう言った。

「松尾さんは感謝という見返りがほしくて親切してるんだ?」

私は、言葉に詰まった。結論としてはそうなる話だからだ。

「感謝されなくて傷つくのなら親切なんかしなきゃいい」

そこまで言う?　とは思えど、なるほど言っている通りなのである。私は口をとがらせて黙るしかなかった。

私の親切は、外には出たものの、まだまだだ。

この間、電車の座席に座っていたら、苦し気な体勢で身体をゆがめて杖にすがっている背広の男性が乗りこんで来た。見てすぐなにかの障がいを抱えていらっしゃると思った。これは間違いなく譲るパターンであり、別に感謝など必要ないと思い、私は威勢よく立ち上がった。

「どうぞ」

男性は言った。

「いえ、けっこうです」

「いや…でも」

「大丈夫ですから」

二度拒否されたら三度目はなしである。私は立ち上がってしまった手前尋常でなくバツが悪かったがオロオロと座るしかなかった。

しかし、考えてみれば相手は背広を着ているのである。あきらかに仕事の帰りか途中の様子。ここまで自分の力で歩いて来て、これからも人の助けを借りずに歩いていくのだ。ほんの少し電車で立っていることくらいなんてことはない。それに私は、彼よりおそらく二十歳は年上である。そんな爺に席を譲られるいわれは彼には毛頭ないのだ。私は、彼のプライドを傷つけてしまったのではないかと果てしなく落ち込み、恥じ、顔をあげられなかった。そして、次にはこの大惨事をスマホに齧り付いているていで黙殺している両隣の若者に殺意を抱くのだった。

「この恥、おまえらがかくべきものだったんじゃないのか⁉」

車内は妙に静かだったが、そこには沼のように澱んだ感情が横たわり、その上で砕け散った初老の男の親切が、音もなく揺れるだけであった。

私の親切の感情は、外に出たもののちっともコントロールできていない。スルーされ、拒否され、それにわざわざ傷ついて途方に暮れている。

まだまだ、途中だ。
人生って、なんなんだ。

第六回

東京行方不明失敗

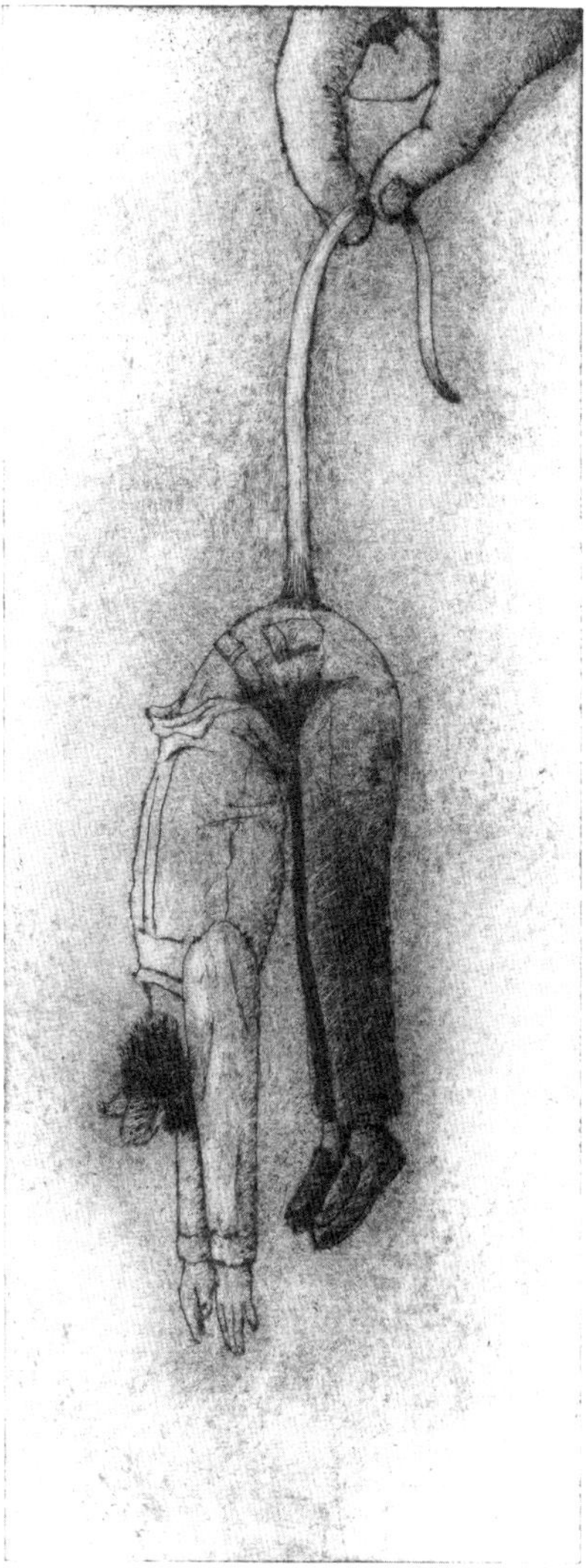

久しぶりに「たう」が出た。もう「たう」のことなど忘れていたのに。ある撮影中のことだ。時間が押し、疲れ、いろいろてんぱっていたときに私はうっかりスタッフにこんな指示を出したのだ。

「カメラのフレームに『たう』位置に小道具持って来て」

届く、という意味だった。地元の方言である。何十年もそんな言葉使ってなかったのに。調べると、北九州の言葉だと思っていたが、岡山あたりでも「届く」は「たう」らしい。もちろん、スタッフはポカンとするばかりだった。

出るのか、てんぱると、まだ九州が。私は、少しだけ動揺していた。

九州から東京に出て来たとき、いろんなものを捨て去った。それまで書き溜めていた絵、膨大な量の漫画や本のコレクション、子供の頃の写真。大学で演劇を一緒にやっていた数人の仲間以外、あらゆる友達との連絡も絶った。田舎にいた証拠の隠滅、くらいの勢いだった。近所付き合いはそもそもなかった。いつか書くことになるが、あるしょうもない事件がきっかけで、私は小学三年生以来近所の人間と一切目を合わせられなくなっていたのだった。

とにかくいたたまれない。

思春期から青年期にかけて私は、そんな気持ちで地元で暮らしていた。学校を出たら、なんでもいいから東京に出たかった。東京は、地元でいたたまれなくなった人間が暮らすのに都合のいい町だ。そんなイメージがあった。

それでも、大学生のときに付き合っていた彼女とはつながっていた。彼女は、先生になりたかった人で、私が東京に行くのに合わせ、東京で教員免許の試験を受けた。簡単に受かるものではないだろうな、と思っていたが、あんのじょう落ちた。彼女は一年浪人して、また東京で受験すると言ってくれた。ありがたい話だったが、そのとき、同時に私の中に「重い」という言葉が浮かんでしまった。

ある日、会社でうっかり言った「○○するけん」という九州弁を同期の仲間にからかわれ、激しく傷ついた。地金が出た。そのとき、自分の本当の気持ちに気づいたのである。

私はきっと東京で行方不明になりたかったのだ。だからあんなにいろんなものと縁を切りたかったのだ。

しかし、九州に彼女がいては、九州に尻尾を握られたままになる。彼女はそれからも献身的に上京して会いに来てくれたが、その感謝の気持ちは、もう就職した会社からドロップアウトしそうになっていた私にとって、「そうまでして東京に出てこられても責任がとれない」というプレッシャーに変わっていったのだった。

「別れよう。俺、もしかしたら浮浪者になるかもしれん。出て来られても相手ができん」

東京の汚いアパートで彼女に別れを告げた。彼女は一晩泣きあかし、何とか納得して地元に帰った。つらかったが、どうしようもなかった。

しばらくして、私は会社を辞め、プータローになった。最低レベルの暮らしぶりだったが気は楽だった。私は、こうして正式に行方不明になれたのだと思った。

ある日の夜、上京するとき彼女がプレゼントしてくれた枕の底がゴワゴワしていることに気がついた。手で探ると、枕カバーの裏に封筒が入っていた。そこには、「困ったときに足しにして」という手紙と、一万円札が入っていた。東京に来て一年がたとうとしていた。

私は、嗚咽が止まらなかった。その一万円に気づかず、その枕で他の女と寝ていた自分が恥ずかしくてならなかった。

そう簡単に行方不明になどなれない。二十二年生まれ育った事実は、私の尻尾をつかみ続ける。

何年かに一度方言が出るとき、あの一万円札のことをふと思い出すことがある。そのときのいたたまれない感情も。

私は、九州がらみの仕事は基本ことわらない。講演でも執筆でも、だいたいなんでもやる。漠然とした罪悪感が、そうさせる。そうしていたら、今度北九州市からありがたい賞がいただけるそうだ。めぐりめぐってそうなった。

九州から逃げ切りたかったが、そこには「たわなかった」。もう、それでいい。

人生って、なんなんだ。

第七回　三十年

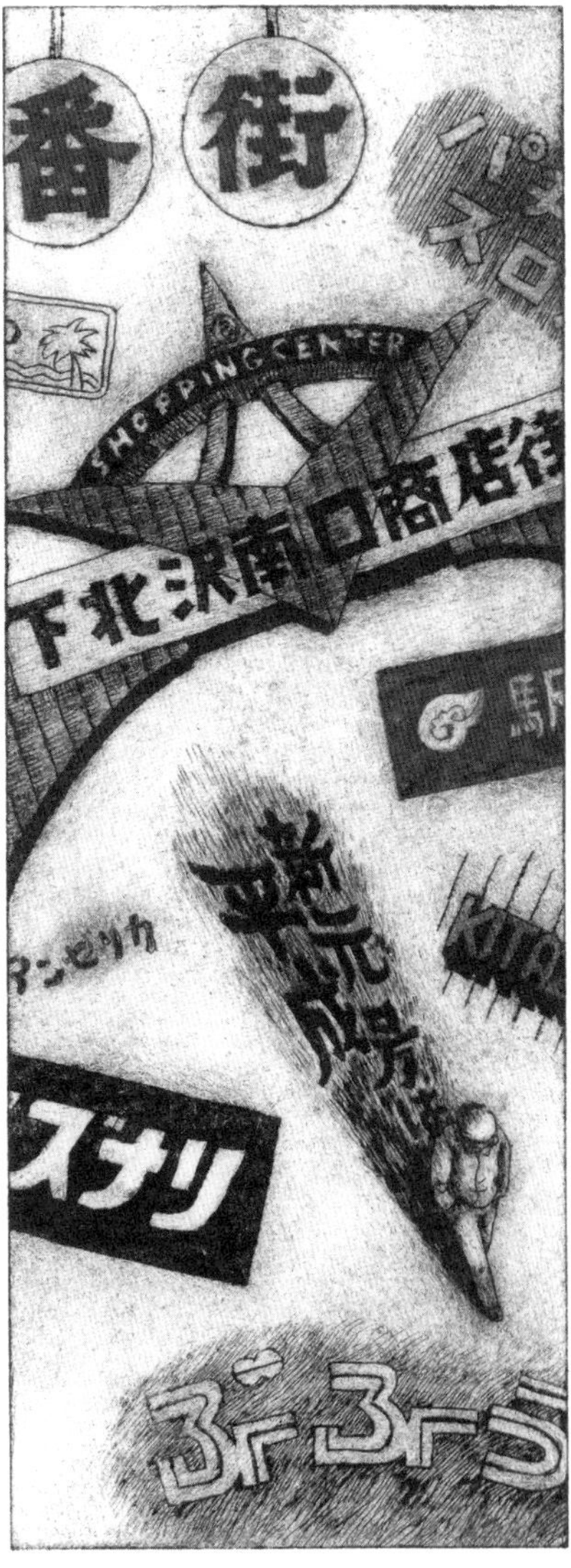

このところ尋常でなくバタバタしている。

これほどまでに忙しいのは、十年ほど前過労でぶっ倒れて以来である。今、ぶっ倒れないのは、傍らで妻が世話をやいてくれるからだ。あの頃は、まったく一人ぼっちだった。裸足のまま椅子に乗って天井の蛍光灯を取り換えようとして、床に落としてしまい、パーンと部屋中にガラスの破片がまんべんなく拡がった状態を想像してほしい。そんな気分で毎日を過ごしていた。今はとりあえず破片をかたづけてくれる人がいる。一人と、そうでないのは、それくらい違う。

バタバタの主な原因は、日頃の仕事にくわえて、『三十祭』というイベントのための雑務が、いろとりどりな形で押し寄せてくるからだ。Tシャツ用の劇団員の似顔絵を数日にわたって描いたり、ミュージカルのスタンダードナンバーを練習したりしながら、自分は何屋なんだろうと頭をひねる日々だ。大人計画を旗揚げして三十年。松尾スズキと名乗って三十年。そういう年を記念したイベントだ。

おのずと、自分の過ごした三十年という時間に向き合わざるをえなくなる。

昭和の終わり。私は仕事をやめ、成増から下北沢に引っ越した。演劇の町、だからではない。学生の頃、下北に住んでいた友達の家に転がり込んだことがあり、そのとき、居心地のいい街だなあという記憶があったからだ。今でこそ、こじゃれた店が増え、駅前開発のためメインの改札がラブホテルの真隣りという混乱の最中の下北だが、当時は演劇や音楽に関わる貧乏な若者が夜ごと宴を広げるブルース感の沁みた渋い町だった。

その町で私は、ひたすらバイトをし、漫画を描いては出版社に持ち込みをし、あるいは「ぶーふーうー」というとてつもなく愛想の悪い店員がいることで有名な地下の喫茶店で、演じるあてのないコントを書いたり、パチンコをしたり(そのうちの一軒の娘は、後に小池栄子になる)、週に一度の贅沢と「餃子の王将」で餃子と生ビールを頼み、「うううめえええ！」と、カイジみたいに唸ったり、そして、付き合い始めた女と喧嘩ばかりしていた。

ほんとに喧嘩ばかりだった。なぜ、あんなに喧嘩をしていたのだろう。

きっと、お互い金がないせいだった。『ＧＩＮＺＡ』を買うような人には理解できない話だろうが、若くて金がないと、気がたっていけない。

居酒屋で喧嘩が始まり、店の人に追い出され、さらに女に追い掛け回され、めぼしいビルの階段を駆け上がり、追い詰められたあげく死んだふりをしたら、見かけた住人に警察を呼ばれそうになったこともあった。

強くは出れないわけもあった。金に困った私は常に女に金の無心をしていたのだ。一日千円もらっては、パチンコ屋で、三千円くらいに増やし、なぜか猿のいるマンガ喫茶に根をはって『ボーダー』という漫画を読みふけっていた。金がないので便所を改装した部屋に住む男の話だった。自分より下の人間がいる。そう思うと少しだけ勇気が出るのだった。

こんなことしてちゃだめだなあ。とは、いつも思っていた。なにしろ二十五歳になっていたのだし。

ある夜、自分の部屋（三畳間に半畳の押し入れがせり出している二・五畳間）で、また女と大喧嘩し、ついに大家に怒鳴りこまれ「すぐに出ていってくれ」と言われた。いつか言われると思っていたが、いざ言われても、すぐにはどうしようもないので、私は次の日またパチンコ屋に行ったのだった。すると、いつもはにぎやかな歌謡曲がかかっているその店から、おそらくマーラーであろう、重苦しいクラシックが流れていた。これじゃ辛気臭いやと思ってくわえ煙草で外に出ると、目の前の酒屋の窓ガラスに「新元号は平成」と張り紙してあった。

昭和が終わっていた。


金がなく、女に殴られ、部屋を追い出されかけて、そして、昭和のうちになにひとつできなかった。私は「まずいなあ…」と頭を抱えつつ、こみあげる笑いがおさえられなかった。「なにやってんだろうなあ、俺」と。

それからしばらくして、平成元年、私は大人計画を旗揚げし、延々人を笑わせることを考えてばかりの人生を送ることになる。

あっという間に三十年？ ひいひい言いつつ三十年？ そして、平成が終わる今、自分の企画した三十周年イベントに首を絞められ「なにやってんだろなあ」とまた頭を抱えている。

人生って、なんなんだ。

第八回

親孝行は火にくべられて

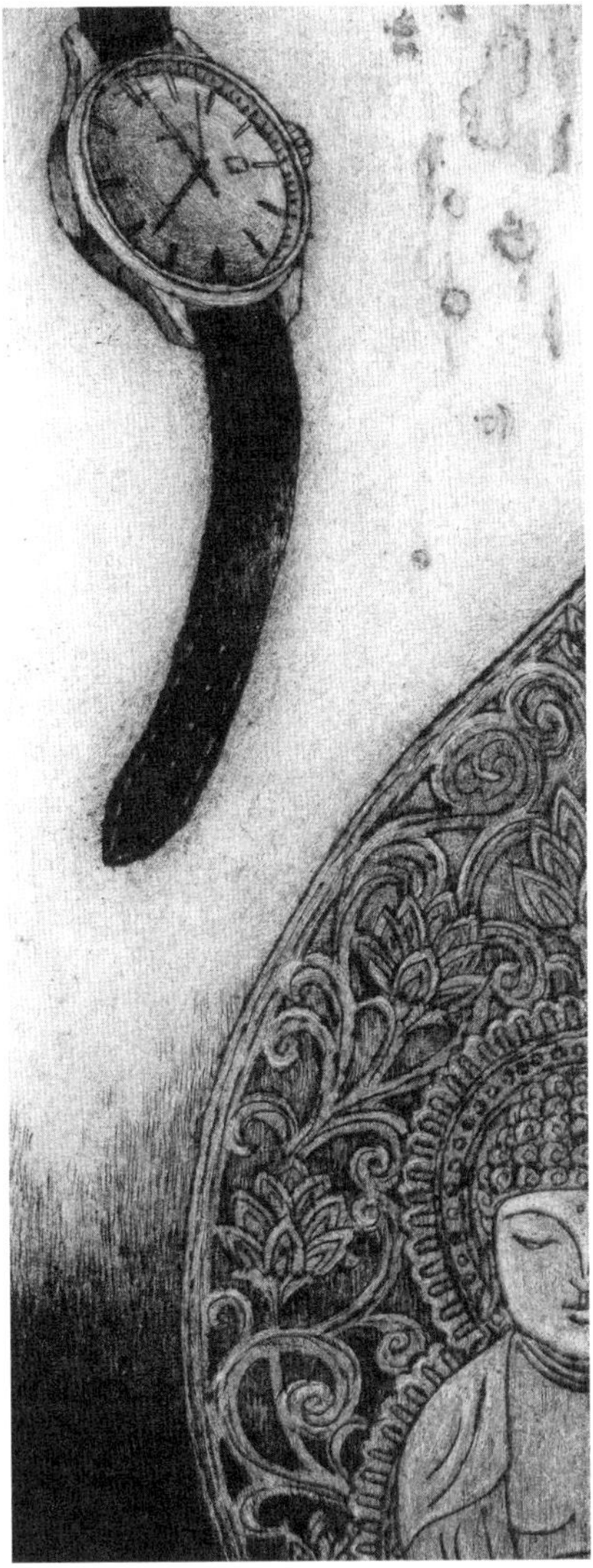

今年で何件目だろうか。最近よく後輩からメールが来る。

「松尾さん、無事、生まれました」

まだ、この世にひりだされたばかりの赤むくれした「生き物感」を露わにした赤ちゃんの写真とともに。

おう、おまえも父になったのか。皆、出会った頃はガリガリに痩せた一文無しの演劇人だ。それが、所帯を持つまでになったのだから、素直に感動する。と、ともに、結婚こそ二度もしたが、父になるという経験をせぬまま死んでいこうとしている自分のふがいなさを、舌がざらつくほど苦く感じるのだった。

父親という立場。それは非常に不安定で幻想的なものであると思っている。


私は自分の父親の命日を覚えていない。父親のことを思いだすことも少ない。形見にもらった父の国鉄退職祝いの腕時計も、時計をする習慣がないので失くしてしまった。遺影すら持ってない。親不孝者だと思うが、それが現実なのだからしかたない。とにかく思いが希薄なのだ。

父が死んだとき、私は三十代前半で、小劇団を旗揚げしたものなら「聖地」と呼ばれる本多劇場に初めて進出するという正念場にあり、そのための稽古の真っ最中だった。今では五時間も稽古をするとへたばってしまうが、当時は平気で十時間近くやっていた。稽古場に入った電話で報告を受けたときは、前々から癌だと聞かされていたので覚悟はしていて「そうか…」という言葉しかなかった。それ以上に稽古を休まねばならない歯がゆさが勝った。

博多行きの夜行列車の中で、缶ビールを飲みながらキオスクで買った週刊誌を読んだ。さすがに、親が死んだのだから悲しもうとするのだが、なにしろ長い旅だ。悲しんでばかりいると飽きてくる。肉親の死への悲しみに飽きることができる、ということにうっすら傷つきながら眠りについた。

実家で棺に入った父の顔を見た。それから何度も見ることになるが、それが死んだ人間を見る初めての体験だった。静かな死に顔だった。涙は出なかったが、その顔を見ながら父の人生はなんだったんだろうと思った。

国鉄職員をしながら三人の子供を育てた。大酒飲みで酔っぱらって帰ることが多かったが、仕事を休んだことは一度もなかった。苦労ばかりだったと思う。

病弱なうえに多動児で怪我ばかりしていた私に振り回され、あげく美大に入った私の学費と、兄の借金の肩代わりで、退職金のほとんどを持っていかれて、心労のあまり、五十歳を過ぎて夜驚症になった。夜寝ていると、「うわあああああ！」と、身体の底から絞り出すような叫び声をあげるのである。そんな父を私たち家族は「哀れだな」という目で見るのだった。

すがすがしいほどに父を尊敬していなかった。夜勤明けに朝から酒を飲んでいる姿を見て育ったというのもあるが、その根底にあるのは「父親なのだから敬わなければいけない」という風潮に対する圧倒的な違和感だった。

「なんで？」と私はいつも思っていた。

産む方は大変だろうけど、産ませる方は気持ちいいことしただけじゃないか。そんな身も蓋もない憤慨だ。育ててくれたことはありがたいけど、産ませた以上育てるのは当たり前だし義務だろう。じゃ、なにか？　感謝されたくて子供を作ったのか？　とも。人間以外のすべての動物に「父」という感覚はない。種をつけたらそれまでよ。子供のことなどシュラシュシュシュ。それがオスの立場だ。そこに尊さは一ミリもない。あんなに真面目な父だったのに、特に思春期の頃の私は、以上の理由で、父のことがまったく尊敬できなくなってしまったのだ。そのうえ、寝ながら「うわああ！」と叫ばれるのだ。寝ながら叫んでいる人間をどう尊敬すればいいのだ。

とはいえ、私がなんとか演劇人として認められる前に死んでしまった父に対して忸怩たる思いはある。生まれてから心配ばかり、いや、心配しかかけてなかった。せめて初めて賞をとった姿くらい見せたかった。父にとって私はどういう子供だったのか、それすら聞く暇もなかった。

一度だけ親孝行らしいことができたのは、父の死後である。姉たちに「おまえは、葬式でもなんにもできなかったんだからせめて仏壇を買え」と言われて、四十万円ばかり借金をして仏壇を送ったことだ。

それから十年ばかりして、その仏壇は兄が入っていた新興宗教の都合で速攻で燃やされたのを知ることになるのだが。

人生って、なんなんだ。

第九回

店を潰す

私は、北九州市の端っこの町、折尾で生まれた。子供は山や川で遊ぶしかない、なにもない町だった。隣町は黒崎という長いアーケードのある繁華街だった。なにもない折尾の人間にとって眩しい町だった。井筒屋というデパートがあり、その屋上には遊園地があった。映画館が何軒もあり、喫茶店やゲームセンターが充実していた。大人しい不良だった私は、一人で学校をさぼって映画館や喫茶店や古本屋、パチンコ屋にまで入り浸っていた。

そんな町の片隅に結婚したての兄が店を出した。カレー屋だった。

兄は私より九つ年上でなかなか問題のある人間だった。高校卒業後、「東京の専門学校に入る」と言って、その入学金を持ったまま、後に私の義理の姉になるバイト先の女性と駆け落ちしたのだ。

二人の居所はすぐばれた。駆け落ち先が折尾の町のはずれ、つまり町内だったからだ。

その話を聞いた時、勉強でもスポーツでも私より優れていた兄への私の尊敬はガラガラと崩壊した。ああ、バカだったんだ。素直に思った。

二人はいったん二人の親によって別れさせられたが、義姉に子供ができていたのがわかり結婚することになった。多分、二人が二十歳ぐらいのことだと思う。

兄はしばらく喫茶店でバイトしていたが、一念発起、借金をして、夫婦で黒崎に店を出したのだ。

駅近くに新しく建ったビルの二階のフロアの一角の、スタンド席しかない小さなカレー屋だった。他に、居酒屋と喫茶店が入っていて、フロアの真ん中には各店共同所有のインベーダーゲームが置いてあった。高校生になった私はその店で初めてのバイトをすることになる。居酒屋の店主も喫茶店の店主も店をやるのは初めてばかり。そのフロアには、一丸となって頑張りましょう！という気概が溢れていた。

楽しかった。喫茶店で修業していた兄にカッカレーの作り方や、コーヒーの淹れ方を教わり、私は土日その店で働いた。絵を描くこと以外無能だと思っていた自分が客を相手の商売ができた。なにより、自分の遊び場である黒崎で働けるのがうれしかった。

隣の喫茶店のマスターは、今考えると、ゲイだったのだと思うが、それとは別にかなりエキセントリックな人で、ピッチリした横分けの細面の二枚目で、なのに笑うと「けけけけけ！」と奇声を発したり、両頬を手で押さえて走り回ったりするのだ。よく見るとうっすらファンデーションまで塗っている。店のカウンターには彼のお母さんの若い頃とおぼしき女性の写真が小さく飾ってあった。

一度、彼の両親である老夫婦が店に来た。彼は、いつもの奇矯さを抑え恐縮しきった様子でコーヒーを出していた。後から聞くと、お父さんは大学の教授で、ずいぶん彼が店を出すことに反対していたそうだ。

反対するわけが働き出してすぐにわかった。カレー屋にも喫茶店にも居酒屋にもちっとも客が来ないのだ。当たり前だった。駅から出て左側に繁華街が拡がっている。駅近くといえ、そのビルは、客の流れに反し大きな通りを挟んで右側に建っていたのだ。

始めの頃こそ、物珍しさで客はちらほらいたが、やはり、そのビルの場所はどこか寂しげであり、わざわざ繁華街を背にして足を運ぶという雰囲気ではどうしてもないのであった。

私はバイトに行ってもすることがなく、針金を小銭投入口に突っ込んでクレジットをいじくるという裏技でただでインベーダーゲームばかりやっていた。喫茶店の店主が三百円のコーヒーを百円に値下げしたので、それ一杯でゲーム機にはりついてばかりいた。

ある日、喫茶店の店長の両親が店に来て、なにやら店長ととくとくと話した。店長はすすりあげるように泣いていた。

次の日から店長は来なくなり、いつの間にか喫茶店は閉店した。追うように居酒屋も店を閉めた。兄も、三百五十円のカレーを百五十円に値下げして頑張っていたが、とうとう力尽きた。皆、開店して半年ぐらいのことだった。

兄は借金まみれになり、そして災いの塊のようになり、松尾家はその災いにずぶずぶとからめとられていくことになる。もう少し後の話だ。

ついこの間、なにかの仕事のついでにあの黒崎のビルに行ってみた。

フロアはまるごと学習塾になっていた。今見ても、なぜここで皆が店を出す気になったのか全然わからない。ただ、兄の作るカレーはとてつもなくうまかったのを一瞬で思い出した。福神漬けを隠し味に使った独特なカレーだった。

食べたかったよ、兄貴、もう一度、あのカレー。

兄は四十六歳でこの世を去った。

人生って、なんなんだ。

第十回　裸の王様

正月というのは晴れがましいものだが、それが毎年来るのが心底憂鬱だった時期がある。

実家に帰るのが嫌だったのだ。父が死んで母は一人暮らしをしていたのだが、歳をとり、家族が集まる正月の支度をするのが億劫になり、結局、近所の姉の嫁ぎ先で、正月を迎えなければならない時期があったのだ。兄も近くにすんでいたが、常に借金に追われていて、重い障がいを持った子供までいる兄の家は到底人を呼べるような状況ではなかったのだろう。

私は姉の旦那という男が大嫌いだった。兄が頼りないので、実質アルツハイマー気味の母の面倒を見ていることで松尾家のリーダーとなり、姉と中学の時の同級生であるのに、彼女を小間使いのように使い、親から譲り受けた家で、まるで聖杯のように業務用焼酎を小脇に抱え、広い座敷に君臨していたトラックの運転手である。典型的な九州の男尊女卑の男だった。東京で演劇なんかにうつつを抜かしている私のことを本気でせせら笑っていたし、それを息子たちにも吹き込んでいたのだろう、二人の小さな息子も私のことをバカにしていた。私が用意した東京の手土産を「まずいまずい」と、顔をしかめて笑うのである。マンガのような田舎者たちだった。

「かっちゃんはよかよな、ふらふら好きなことばっかしよってから」

何かで割った甲類焼酎をあおり、ニヤニヤ笑いながら義兄は言うのである。とうに劇団は軌道に乗り、自力で都心に家も建て、彼の何十倍もうまい酒を飲んでいる私の生活など想像もできなかったのだろう。多分、あまり当時はテレビに出ていなかったからである。田舎において、テレビに出ている出ていないは重要なことだ。現に、正月にその家に行くと常に誰も見ていないテレビがフルボリュームで流れている。神棚は別にあるのに、実質的な神棚は、きっとテレビだった。

そういえば、誰も見ていないテレビがついている状態も嫌いだった。フルボリュームのテレビを背に、母はただうっすら微笑んでいた。虚ろな顔をした母の後ろではいつも、マラソンの選手が鬼の形相で走り、アナウンサーがわめいている。私は母と喋りたいのに、もはや義兄の下僕と化した兄と、義兄の隣でずっと自慢話を聞かされる。空虚な喧噪。それが田舎の正月の風景だった。いったい何をしに帰っているのだ。心底情けなかった。

義兄は家族四人で風呂に入っていることをなぜかことごとく自慢していた。

「やっぱり家族は一緒に入らんちゃいかんちゃ。それが家族ちゃ」

後で、姉がポツリと告白した。

「…四人で湯船に入れるわけないやん、結局私が出とるけ寒いんよ」

♪はーだーかのー、おーさまはー、ずんたたた、ずんたたた…

それを聞いて、なぜか何かのCMで流れていたこの歌が脳裏に流れた。

それからしばらくして義兄は脳こうそくで倒れた。まだ四十代だった。命に別状はなかったが、義兄はトラックに乗るのが怖くなり、仕事をやめた。

芝居の巡業のついでに久しぶりに田舎に帰ると、

義兄は驚くほど卑屈な目をしていた。

無職であるのと、私がテレビに出ていたからだろう。

それからしばらくして、私が離婚したのを心配して上京した姉に聞いた。義兄が家を出て行ったと。そのわけを聞いたが、なんだかかわいそうで書く気になれない。

そしてそのまま十数年、いまだにどこに行ったのかわからないのである。

♪はーだーかのー、おーさまはー、逃げてった、逃げてった、逃げてった、ぞー
人生って、なんなんだ。

第十一回　寂しさばかり学んで

しばらく辛気臭い話が続いたので、たまには色っぽい話でもしてみたい。といっても、寂しさに関する話なのでもあるわけだが。

二十代の後半、下北沢で一人の女と同棲していた。そして、六年ほどで別れた。女の浮気が発覚したからだ。すぐに私は二人ですんでいた２ＤＫのマンションを出た。松坂慶子さんのお父さんが経営するマンションだった。なぜか今、私は松坂慶子さんの『さくら伝説』というヌード写真集を持っているのだが、本棚でその背表紙を見るたび、なんとなくあの頃の苦い感情を思い出してしまう。

下北沢を出て、私は笹塚のアパートに引っ越した。笹塚は当時、劇団員の池津祥子や顔田顔彦が住み、飲み屋で宮藤官九郎がバイトしていた。だから、いつも劇団の誰かがどこかの店やアパートで飲んでいるような町で、つまり私は寂しかったのだろう。

三十になる頃だったが、その町で、私は信じられないくらいもてた。

自分がなぜもてたかを分析することほどアホらしいことはないが、寂しさや惨めさが身体からダダ漏れしていて、そういうことに関する嗅覚が鋭くてやたら優しい女の人たちが放っておけなかったからかもしれない。同棲していた女は気性の荒い人だったが、その頃、お付き合いした人たちは皆、優しかった。そして、私が傷ついているのを知ってか、プライベイトに踏み込んでくるような人もいなかった。

それに甘えて、笹塚に住んで数年、ダラダラと何人もの女性と愛という感情でなく、遊んだ。誰とも深い付き合いにならなかった。飲んで、お喋りして、セックスして、次の日、近所の蕎麦屋でもりそばとミニ親子丼のランチでもとれば、それで十分だった。傷つくことにも傷つけることにも疲れていた。

下北沢での六年はそれほど激しい季節だったのだ。

そんな中でも比較的濃い付き合いをしていた女性が二人いた。同い年で、ライターと女優だった。ある日、ライターの女性がピロートークで昔の男の話をした。

「私、埼玉で高校時代、恋人がいたんですけど、付き合ってる最中に登山で遭難して死んだんです。今でもその人が忘れられない」

そんなドラマチックなことがあるんだなあ、なんてことを思って、その日は別れた。別の日に女優の子と会い、なんとなくまた昔の男の話になった。

「私、忘れられない人がいて。山で遭難して死んだんです。高校の時付き合っていた彼が」

ん⁉　と私は思い、なんとなく彼女の出身を聞いた。

埼玉だった。

間違いない。彼女たちは、同じ高校で、同じ男に二股をかけられ、死なれ、忘れられなくなり、そして、何年もの時を経て、私に二股をかけられていたのだ。

うまく説明できないが、とてもやりきれない気持ちになり、なんとなく二人とは疎遠になった。

私は、その件もあって、女遊びに急速に疲れ果てた。寂しさだけで女と付き合うのは、心によいことではないことがようやくわかったのだ。

ちょうどその頃、出会ったまったく新しいタイプの人と、すぐに結婚した。この人ほど自分を愛してくれる人は二度と現れないだろうという確信があったからだし、愛というものときちんとまた向き合おうと思ったからだ。なにしろ三十六歳になっていた。遊び終わるには少し遅すぎる歳だった。

けれど、その結婚も八年で終わり、また私は、寂しさをがっちり学びなおすことになるのだが。

人生って、なんなんだ。

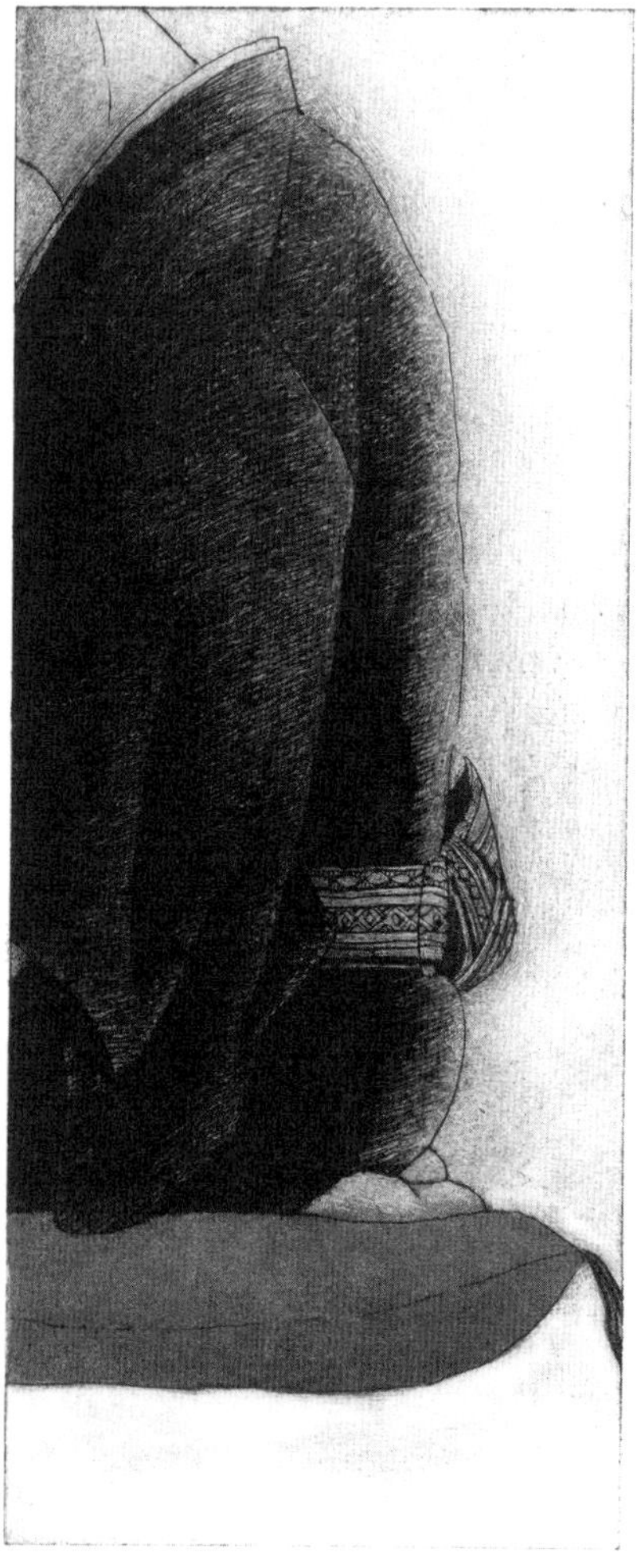

第十二回　「これまで」と「これから」

よくできた物語だなと思う。自分が出ておいてなんだが、『いだてん』の放送を毎週心待ちにしている。誰よりファンだ、と言ってしまいたい。プロローグが終わり、大友良英さん作曲の勇壮なオープニングタイトルが始まる瞬間の高揚感、あれは、素晴らしい。それが、俳優と過去のオリンピック映像と絵をダイナミックにCGで掛け合わせたタイトルバックに重なると、ああ、たまらん、となる。私は、橘家圓喬という落語家の役で出ているのだが、私が出演する回はおおむね主演である阿部サダヲが平泳ぎでこちらに迫ってくる映像の横に名前が出る。NHKさんの遊び心なんだろうが、この瞬間、大人計画主宰である私、うちから出たスター脚本家である宮藤官九郎、うちの看板俳優でついに大河ドラマの主役となった阿部サダヲの「これまで」と「これから」というものが、感傷、と言われればそれまでだが、どうしても凄い風速でもって頭をよぎり、「ここまで来ちまったか」と、腕組みせざるをえないのである。言うに言えない感慨に包まれる。

二人と二十代の頃に出会った。みな、食えてなかった。みな、女の人のお世話になっていた。そして、大人計画全員に言えることだが、みんな、なんとなく笹塚近辺をうろうろしていた。

前回も書いたが、まず、池津祥子と顔田顔彦が住み、その後、女と別れて下北沢を出た私が住み、後から笹塚の居酒屋でバイトしていた宮藤も近くに越して来た。阿部は千葉に住んでいたが、家が遠いので、しょっちゅう顔田の家に泊まりこんでいた。顔田君の家は、完全に阿部たちのたまり場になっていて、彼がいないときは、鍵を壊してでも中に入って皆で寝たりしていたのだから、ひどいものである。劇団で作っていた『山と警告』という小雑誌の編集を手伝ってくれていたTという女性も近くに住んでいた。『山と警告』というタイトルは、私が印刷会社で働いていた時、版下を作っていた『山と溪谷』という雑誌があって、そこからいただいた。

　とにかく時間だけはやたらとあったので、私と宮藤とTは他の劇団員も巻き込んで、やたらとこの一銭にもならない雑誌作りに没頭していた。非常にアングラ臭のする雑誌だったが、私も宮藤も二カ月に一回のペースで発行していた『山と警告』で、間違いなく文章の腕を磨いたのである。まだ文筆家としてデビューしてない日大を中退したばかりの宮藤はともかく、私ですらまだ『Ｈａｎａｋｏ』で、一本連載があるだけだったのだ。

　そのうち、遊び仲間だった日本テレビのディレクターの大塚さんからドラマを書かないか？という打診があった。二十八歳のときである。原案は大塚さんで『演歌なアイツは夜ごと不条理《パンク》な夢を見る』というアバンギャルドなタイトルまで決まっていた。竹中直人さん主役で、まだ劇団にいた温水洋一もメインの役で出したいという。タイトルを聞いただけで、「やりますやります！」である。

　私に頼まれた仕事だが、ぜひ、宮藤も一緒に書かせてくださいとお願いした。その頃は、なにをするにしても宮藤と一緒だったから自然な流れだったし、これを機会に宮藤もプロとしてデビューさせたいという思いもあったのだろう。それから、宮藤は私のアパートの六畳間に通いつめ、私がアイデアを口頭で伝え、宮藤がそれを原稿用紙に書き写すという日々が始まり、三カ月で四本の台本ができあがった。そして、撮影が始まる前に温水が腰のヘルニアを悪化させ番組を降板し、大塚さんとの話し合いの末、大人計画に入ってまだ初舞台を踏んだばかりの阿部が出演することになったのだ。

視聴率は空ぶりだったし、それ以来私にドラマの脚本はほとんど来なくなったが、「他の誰にあれが書ける?」という誇りはいまだに持っている。

それから、二十数年。宮藤が脚本を書いた『いだてん』のオープニングで白髪頭で泳ぐ阿部の横に私の名前が出るとき、「ああ、この瞬間の原点はあそこだったよなあ」と、うっすら思い出すのだ。

『いだてん』の裏に流れる物語はあの頃もう始まっていた。それが言うに言えない感慨を生むのかもしれない。

私達のこれからの物語は、どうなって行くのだろう。『いだてん』はよくできた物語だが、こっちばかりはさっぱり予想がつかない。わかっているのは、まだまったく途中なのだということだけなのだ。

人生って、なんなんだ。

第十三回

海と悲喜劇

「海が好きだ」、なんてことを言うと、すぐに「似合わない」と言われる。「夜の街の男なのに」と。しかし私はいつでも海に行きたい。たまに休みができても、落語か映画かサウナか飲み屋、ということになり、「ほらやっぱり夜」と思われるのだが、ほんとは三日も休みができれば、「なんとかして海に行くことはできないか」と算段している男なのだ。やっかいなのは、ただ、海に行けばいいというものじゃない、とにかく海に入りたいのだ。最悪、泳げなくてもいい。裸で海の中に浸かっていたいのである。海の中に入っていると、陶然とした気持ちになるのである。

きっと、子供の頃、母の実家の鹿児島の海でよく遊んでいたからだろう。母も海が好きだった。それは、母がボケてからわかったことである。

七年ほど前、北九州の若松という町のレストランで久しぶりに会った時「海に行きたい。鹿児島の海に行きたい」と、やたら言っていたのを覚えている。そんなことは、私が若い頃は一言も聞いたことがなかった。「ほら、あそこ見んね。海の中を女の子が歩きよるやろ」。母がレストランの窓越しに指さした先は、暗い薮だった。

その日は、母の昔の話をいっぱい聞いて記録しようと意気込んでいた日だったが、遅すぎたのを知った。まったく会話にならない。帰り際に「俺、あなたの息子だってわかってる？」と聞いたら、真顔で「嘘やろ」と言われた。その時は、笑ったが、そこで別れ、その日泊まった若松の海沿いの旅館で夜中、暗い海を見ながら、嗚咽が止まらなくなった。認知症は、後戻りはできない。私は、底の見えない深い穴に投げ込まれた気分だった。眠れず、カップ酒を飲み、その中に、吸っていた煙草の吸殻を捨てた。朝起きて、喉が渇いていたので手元のコップの水を飲んだ、つもりが、煙草を三本ほど捨てたカップ酒だった。私は、トイレでゲーゲー吐いて、大慌てで救急車を呼んだ。水に溶けた煙草には人を殺せるほどの毒があると、なにかの本で読んだからだ。幸い、最悪な気分にはなったが、死ぬようなことはなかった。悲劇と喜劇はいつも表裏一体だ。

海に行きたいという気持ちは、その頃からより強まり、宮古島だ沖縄だと、よく旅行するようになった。しかし、いつもシーズンがずれていて寒くて海に入れない。入れない海は私には魅力のない海だ。なので、去年の休みにはタイのプーケットに行った。タイなら雨季を除いて、たいがい海に入れる。外国人と話すのは苦手だが、プライベートビーチがあるホテルなので会話は最小限でいいだろう。

ホテルのビーチは最高だった。仰向けになって耳まで海に浸かるようにすれば、身体は自然と浮く。そのまま、プカプカとただよいながら、晴れた空を見つめていると、極上のリラックスに身を包まれる。

海の町で生まれた女の子供なんだ。

身体がそれを思い出させてくれる。顔こそ忘れられたが、母と海を介していまだつながっているのだと。

なんてことを思いながら、立とうとしたら足に激痛が走った。ガラスの破片でも刺さったような痛さだったが、浜に上がって足の裏を見ると、無数の黒い棘が足の裏に突き刺さっている。ウニを踏んだのだ。ビーチの従業員に聞くと、ウニの棘は何かに刺さると折れ、返しがついているので抜けない、そう言って、砂浜にあった石で、私の足の裏をパンパン叩き出した。

「皮膚の中に叩き込む。自然と溶ける」

釈然としないまま、海にいる気も失せ、ケンケンでホテルに戻って、従業員に消毒液でも持ってきてもらおうと内線で電話すると、若いボーイがやってきて、私の足をつかみ、針でもって棘をほじくり始めた。「中で溶けるから抜かなくていい」と、英語で言おうとしたが、まったく、どの単語も頭に浮かばなかった。ボーイは笑顔で「大丈夫」と表現しながら、ほじくり続ける。素晴らしいホテルで、言葉の通じないタイ人と二人きりで、黙々と足を針でほじくられている時間。

笑うしかなかった。やはりここにも悲劇と喜劇があった。

実は子供の頃、海辺の道を歩いていて、強風にあおられ、海に落ちたことがある。どうやって助かったのかわからないが、幸い深くない海の中で右往左往しているとき、恐怖より「おもしろい」という感情が先にあったのを覚えている。母が、道から見下ろしながら大笑いしていたからだ。

海に行くたび悲喜劇が起きる。それをおもしろいと感じている間は、まだ、大丈夫なんだと思う。

母にもう一度だけ海を見せたい。

人生って、なんなんだ。

第十四回　生きちゃってどうすんだ

六年前、五十歳になった記念に一人芝居を書いて自分で演じた。

期限付きの高級老人ホームに入った元芸人が、百歳になるまで生きたあげく、入所期限が尽き、追い出されてホームレスになる、という話だ。『生きちゃってどうすんだ』という、そのまんまのタイトルの芝居だ。最初に数千万円の入所金を支払えば、二十年ほど優雅な介護生活を保証されると謳う高級老人ホームの広告を見て、ん？ まてよ、そこで二十年以上生きてしまった場合、その老人はいったいどうなるのだ？ という疑問から、この芝居は生まれた。

人生百年時代と政府の人は言う。もはやそんな老人ホームの預かり期限が切れてもかつ長生きする老人が出るのもあり得ない話ではない。確かに医療の発達は喜ばしいが、引き伸ばされた命を持て余す人々は、どんなモチベーションで生きていけばよいのだろうか。

この間、NHKのドキュメンタリーでなかなか衝撃的な番組を見た。重い神経難病にかかった女性が、苦痛に耐え家族の世話になりながら生きる未来を拒絶し、自らの「尊厳」を守るため、安楽死が認められた国スイスに渡り、薬によって医師の立ち会いのもと自らの命を絶つさまを、まざまざと描いたものだった。一方、同じ病気にかかるが、人工呼吸器をつけ、喋ることもままならず、まばたきでしか意思を表示できない人生を、生き続ける選択をした女性の姿も並行して追う。

姉妹に見守られながら、自ら致死薬が投入された点滴のストッパーを外し、まだ意識のあるうちに「ありがとう。幸せだったよ」と言い残し死んでいった彼女。人が死にいくさまを初めて目撃したというのもあるが、死というものが、あんなにも静かで荘厳であることが、とにかく衝撃だった。正直、ゴールデンで流していい番組なのかとすら思ったが、どうにも説明のつかない涙が私の目から流れたのは確かだった。尊厳死、日本では認められてないが、この先重いテーマになるだろう。

また、生きることを選んだ女性が物言えぬ中、咲き誇る桜の花を見て涙するさまにも、言葉にできない感動があるのだった。

「生きちゃってどうすんだ」

そんなことは、とても彼女には言えない。

この撮影に踏み込んだＮＨＫのディレクターの勇気を尊敬する。

そして、私はその番組を見てまた故郷の母のことを思わざるをえなかった。

八十七歳になる私の母は、今、特別養護老人ホームにいる。その費用は今、遺族年金でまかなえている。父のことはまったく尊敬したことはないが、遺族年金を残してくれたことだけはとても感謝している。

しかし、そのことを母は知らない。

何度か書いたことだが、元々要介護五の重度のアルツハイマーだったうえに、六年前に脳出血をやってからは、寝たきりで、喋ることも自分の意思を表現することもできない。いや、意思があるかどうかすら、もはや誰にもわからない。ドロドロに溶かした食事を口に入れられ、排泄し、眠るだけの日々を、六年続けている。前述の女性なら間違いなく尊厳死を選んでいるパターンである。

ただ、母には食欲がある。

目の前にスプーンを差し出すとそれを無条件にくわえようとするのだ。食べて、味わおうとするのだ。その姿を見るとぞくぞくする。母は、八十七歳になり、喜びもなく苦悩もない「生きるのみ」という世界で、ピュアな、命の塊になったのだ。そこに、命の本質そのものがあるような気がして、なんだかそれは美しい様子にも見えて、もう、生きろ生きろ、このまま百まで生きてしまえ、と思ってしまうのだ。

ただ、あえて身内だからというのもあって、

「でもだよ。…母ちゃん、生きちゃってどうすんだ」

と、聞けるものなら聞いてみたい。コー、という呼吸音しか返ってこないのはわかりきっているにしてもだ。

人生って、なんなんだ。

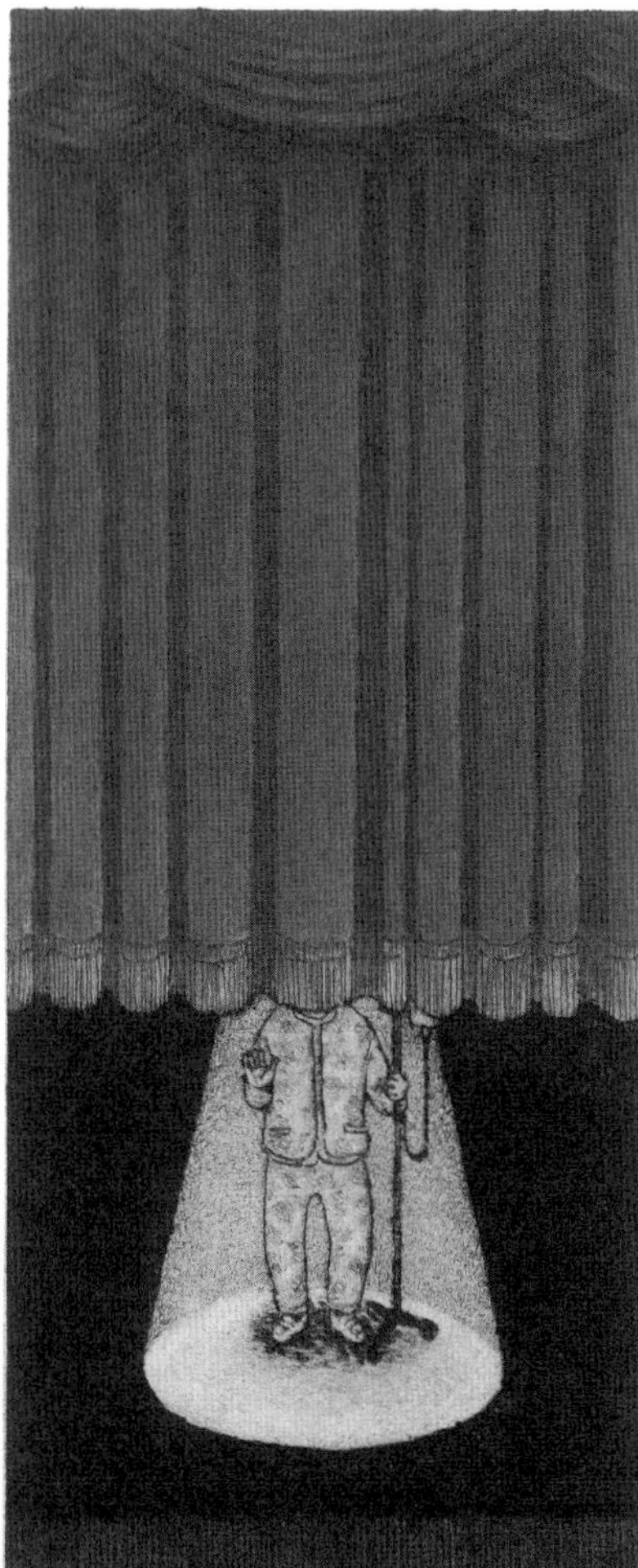

第十五回　命、ギガ長ス

私が片足を突っ込んでいる芸能の世界に入る人間に必ずつきまとう言葉がある。

「親の死に目に逢えないと思え」

である。

実際、ここ半年、連続で俳優の仕事ばかりしていて身に染みて思う。今死なれたらとうてい逢えるタイミングでないなと。

母は九州の特別養護老人ホームにいる。羽田まで一時間。それから飛行機で三時間。その後、車で一時間の場所にそこはある。ユニットケアといって、介護から看病に至るまで非常に行き届いた、そして、職員の皆さんがとても気持ちの良い方ばかりの施設なのだが、とにかく、遠い。木々の間から猿や鹿が平気で出てくるような場所だ。

母は、今年で八十八歳になる。クリント・イーストウッドが同じ歳で『運び屋』を監督したことを考えると眩暈がするが、もう六年間寝たきりで、食事の経口摂取こそできているが、いつ逝くのか見えないし、永遠に生きそうな気もする。

最近は母のことばかり書いている。それには理由もある。

今私は、『命、ギガ長ス』という芝居の本番中だ。安藤玉恵さんとの二人芝居だ。脚本を書いている時間も含めると、この芝居とは四カ月ほどの付き合いになる。五十代のニートのアルコール依存症の息子を私が演じ、わずかな年金で息子を養っている母親を安藤さんが演じている。息子は親にたかり、母親は息子を叱り飛ばすことで依存しあっている。たまたま今話題の８０５０問題にリンクしてしまったが、三年前から考えていた話だ。実際の私は、五十代で、八十代の母親を扶養に入れているわけだが、もしも、と、考えることがある。「もしも、私が演劇という仕事に出会っておらず、もしも、母親が元気だったら、これはあり得ない設定ではないぞ」と。

あり得ないことではなかったもう一つの人生。それが、この話を思いついたきっかけである。明け方、「演劇に出会って助かった！」と安堵の気持ちでガバッと目が覚めることがあるほど、私は生きることに関するあらゆることがへたくそで、唯一才能を発揮することができた演劇に出会わなかった自分の未来、そんなパラレルワールドを芝居にしている。

母のことを、だから、いつも考えないわけにはいかない環境にあるのだ。

そして、この悩みにいつも突き当たる。この芝居は全国を回るが、本番中に母に何かあったら、私はどうすればいいのだ。前にも書いたが、父が逝った時は、稽古中に訃報が入った。夜行列車で家に帰った時は、父は棺桶の中だった。その時は、周りに家族が何人かいたので、それでもどうにかなった。しかし、兄が死に、姉とも無縁になった今の母には私しかいないのだ。

安藤さんは、まだ四十二歳だというのに、お父さんもお母さんもすでに見送られている。若くして親をなくすのはとても哀しいことだし大変だったと思うが、

「ちゃんと見送れてよかった」

と、本人はおっしゃっている。

安藤さんのお父さんは、有名なトンカツ屋の大

将で、そして、変わった方で、ラジオの英会話教室を聞いているうちに英語がペラペラになったのだという。

安藤さんもその血を引いたのか、外交官に憧れて、上智大学でロシア語の勉強をしていたのだが、その後、急に演劇に目覚め、早稲田の芸術コースに編入しなおしたのだそうだ。うーん、変わってる。変わっていて、才女だ。そして、一人の息子の母親でもある。この子にもこの間会わせていただいたが、なかなか変わっていて、なかなか頭のいい子だった。

「まだ、手放せない！」

アルコール依存症が原因で死にかけている一人息子の手を握りながら叫ぶ母親の役を、彼女はどんな思いで演じているのだろう。稽古中、代役を立てて、このシーンを演出席から見たが、自分で作ったものながら、その切実さに何度見ても泣きそうになってしまう。両親を看取ったことに関しても、子供を育てながら女優を続けていることに関しても、彼女は自分より「クラスが上」という感じがする。だから、こっちは十以上年上なのに、彼女の息子を演じやすいなと思えるのだろう。

今度、機会があったら、看取る時の心構えを教えてほしい。

しかし、今は、運を天に任せるしかない。他は一生懸命やるから、この芝居の最中にだけは、容体が変わらないでほしい。「祈り」というものを信じたことはないが、そんな私が祈っているのだから、「祈り」の方も、メンツにかけて今だけは、せめて、届けてほしい。今日も、飯をちゃんと食ってくれ。

ドロドロの飯だけど、まだ、口からいけるのだから。看取らせてくれ。ベストは尽くす。看取るタイミングだけ、僕に合わせてくれよ、と。

人生って、なんなんだ。

第十六回

道楽と労働の狭間で

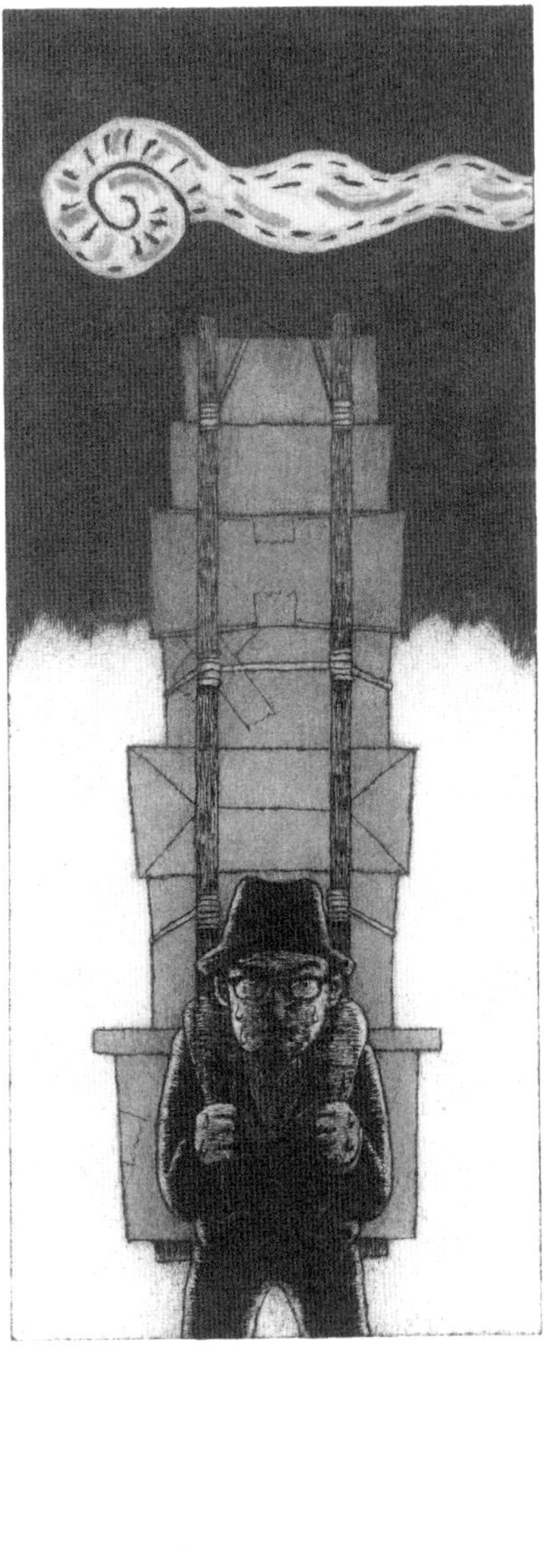

働いていないことに引け目を感じていない「オサムさん」という男の役を舞台で演じ、その公演で全国を回っていた。「東京成人演劇部」と銘打った初めてのプロデュース作品で、『命、ギガ長ス』というふざけたタイトルの二人芝居だ。今話題の8050問題をにおわすような内容である。8050問題とは、八十代の親の年金にすがる五十代のニートの子供が今、日本に六十万人を超える、というまあまあ重めな社会現象のことをいう。

彼らはどれほど、「後々親が確実にいなくなるのだ」という現実と向き合っているのか？ いや、できる限り向き合いたくないからこそ、そこにしがみついていられるのだろうか？ なら、「親がいなくなることなどない」というファンタジックな思い込みのもと、むしろ前向きなほど現実と向き合わず、親にすがり遊び続けることに完全な自己肯定感を持っているニートもいるんじゃないだろうか？ などという思いでこのキャラクターが生まれた。

こんな芝居をやっているから、前回のように母親のことも考えるが、働くとはなんだろう、みたいなこともまたよく考えるのである。

そもそも私が今やってる芝居、これは、たまたまギャラが発生するだけで、しょせん道楽の延長線上なんじゃないか、という感覚が頭の片隅にいつもある。実際、私と同じほどの歳になっても、金にならない芝居をやっている人は、東京にはいくらでもいる。「わかっちゃいるけどやめられない」、それは、道楽者の基本的な精神構造のような気がする。

福岡の大学で芝居を始めたときは、完全に道楽だった。親に悪いと思いつつ芝居に熱中しすぎて、留年までしてしまった。さすがに、これはまずいと、就職の方に舵を切り、芝居と縁を切った。だが、東京で就職したものの、一年ともたず、バイトしながら東京の芝居を観ているうち、「福岡で自分が作っていた芝居の方がぜんぜんおもしろい」という確信を持ち、その勢いで大人計画を旗揚げした。たまたま初演を観た放送作家の方がテレビで取り上げてくれて、それから倍々ゲームで客が増えていった。二年でどうにか食えるようになった。

だが、それも、芝居を観た業界の方々が、テレビやラジオやCMに呼んでくれたからであって、芝居の実収入では、年三本新作をやってもとうてい食えなかった。それでもとにかく舞台を作ることが楽しかったので、バイトしないですむだけでも御の字だった。

そうこうするうち、大人計画の人間も結婚し、家族を持ち始め、自分にも妻ができて、その辺りからなんというか、もうアマチュア感覚でやっていられないという、プロであることへの切迫感を持ち始めたのではなかったか。

それから二十年くらいは、もうほんとに、明日倒れたらおしまいだからという理由で生牡蠣を食べるのを自分に禁ずるほど、がむしゃらに働いてきた。ピーク時は月に十本連載を持ち、現場から現場へ移動する車の中でさえ吐きそうになりながらパソコンで原稿を書いていた。

気がついたら家は建ったが、結婚生活が破たんしていた。

それから十年ほど、あれ？ 道楽で演劇を始めたはずなのに、なぜ、こんなに苦しく労働しているのだろう、という疑問とずっと葛藤し続けて来た。そして、その疑問が、無職を肯定する今回の芝居になったのである。そして、その公演に「演劇部」と名付けたのである。あの頃、親に迷惑をかけてまで夢中になれた、演劇への闇雲な情熱を、もう一度思い出したいと。

北九州公演で、学生演劇をやっていた友達たちが観に来てくれた。皆、かたぎで、皆、とてつもないおっさんおばさんになっている。

ああ、こいつらと本気で楽しくやっていたな、と、しみじみ思う。

中の一人が、「今、付き合っている人の連れ子でさ、高校の演劇部の部長やっとるとよ」と、やがて義理の娘になるだろう女の子を紹介してくれた。女の子は、「キラキラしてる」としか言いようのない顔で五十六歳の男の作った芝居が「めっちゃおもしろかったです！」と言ってくれた。

その顔を見ると、私の中の道楽者の部分が完全に肯定されたような気がして、ああ、続けてきてよかったと、しみじみ思えたのだった。


人生って、なんなんだ。

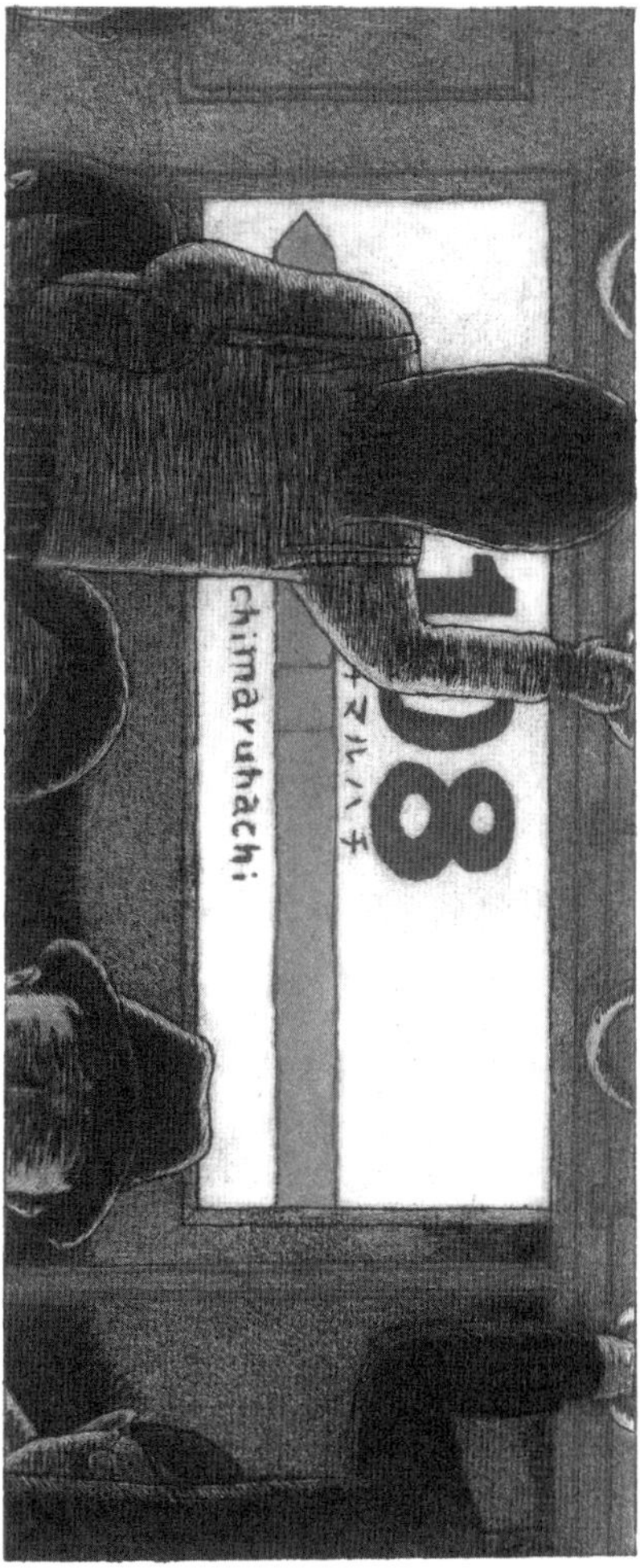

第十七回　108〜微妙な有名人松尾の冒険〜

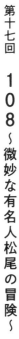

自分で言うのもなんだが、とんでもない映画を撮ってしまったと思う。タイトルは『108〜海馬五郎の復讐と冒険〜』。妻が浮気しているという妄想にとり憑かれ、復讐として一千万円の財産を、一カ月かけて、風俗で使い切ろうとする男の話だ。映画の大半がさまざまなセックスシーンで埋め尽くされている。

この映画の主役を自分で演じているのだ。

五十歳になったとき、突然このアイデアが頭にふってきて、一晩であらすじを書いた。それから、シナリオを書くまでに四年かかった。というと、四年の歳月を費やして書いたように聞こえるが、たんに四年間書く暇がなかっただけで、書き始めると一カ月で書きあがったのだった。

しかし、それからが大変だった。映画化にあたってプロデューサーが見つからないのだ。みな、読んで「おもしろい！」とは言ってくれるものの「この内容でスポンサーを見つけられる気がしない」としり込みするのである。今考えれば、もっともな話だと思うのだが、自信のある作品を書き終わった作家の頭なんて、たいがいぶっ壊れているもので、「どいつもこいつもへたれが！」と、私は、ただただ憤り、そして、これまでの努力が水泡に帰してしまうと、焦っていた。そのさまは、妻に嫉妬してドタバタコメディを演じる主人公そのものだった。

「俺が主役じゃ不足なのか！」

声にこそ出さないがそう思っていた。その通りだバカ野郎、と、その頃の自分に言いたい。主役を演じたことはなくはないが、十数年も前の話だ。

自分がプロデューサーの立場になったとしても「松尾スズキが主役？…微妙」と思うだろう。電車をよく使うが、ほとんど気づかれたことがない。楽だが、微妙な有名人だなと大いに自覚している。しかし、この役を他の俳優で、という選択肢は自分にはなかった。喜劇人として、三十年以上生きた。一本ぐらいは自分が主演の映画を撮って残したい。その想いは日増しに強くなっていた。

そんなとき、京都であるドラマに私は出ていて、主役の一人に中山美穂さんがいて、一緒の出番こそなかったのだが、監督が私と中山さんが食事をする機会を作ってくれた。正直緊張した。集客五十人の弱小劇団から始まった私の芸能人生と比べて、中山さんのスタア性というのは、とてつもなく眩しすぎたのである。眩しすぎて、私は、会ったばかりのスタアに「こんなシナリオがあって、でも、プロデューサー話が決まらなくて…」と、愚痴をこぼしてしまった。中山さんはシナリオの内容に、ただケラケラとうけていた。少し救われた気がした。

その後、一カ月ほど時間ができたので『１０８』を小説にしようと思った。本として出版した後の方が、企画の通りがいいような気がしたのだ。小説は、原作があるおかげで、三週間で書きあがった。が、皮肉なことに、書いている間に酔狂なプロデューサーがシナリオを拾い上げ、バタバタと制作会社が決まり、映画化されてないシナリオが原作という奇妙な小説も出版され、今までのもたつきが嘘のように話が転がり始めた。

ただ、自戒することがあった。主役が私なのだ。

せめて、相手の妻役は、微妙でない方にやっていただきたい。しかし、売れっ子の方にオファーするにはあまりに時間がなく、私は本格的に焦り始めた。

そんな折、パリに住んでいる女の友達からラインがあった。

「美穂ちゃん、松尾さんのシナリオの話が、すごくおもしろかった、ってよ」

中山さんがパリにいる頃、二人は偶然友達になっていた。そして、会食中にそんな話になったというのだ。

京都での話は正直すっかり忘れていたのだが、私はダメでもともと、という思いで、中山さんの事務所にシナリオを送った。そして、すぐさま快いOKをいただいたのだった。製作陣がガッツポーズをとったのは間違いない。

それから、怒濤の準備と怒濤の撮影を終え、去年の今頃『108』はクランクアップした。

今現在、公開に向け、またもや怒濤の宣伝の日々、昨日も中山さんと丸々一日、インタビュー漬けの日だった。たまたま同じドラマに出ていて、たまたま友達が一緒で、その縁で、しれっと夫婦役をやっている。不思議だが、おもしろい。喋り疲れた帰り道、そっと心でつぶやいた。

人生って、なんなんだ。

第十八回　オリンピックの顔と顔

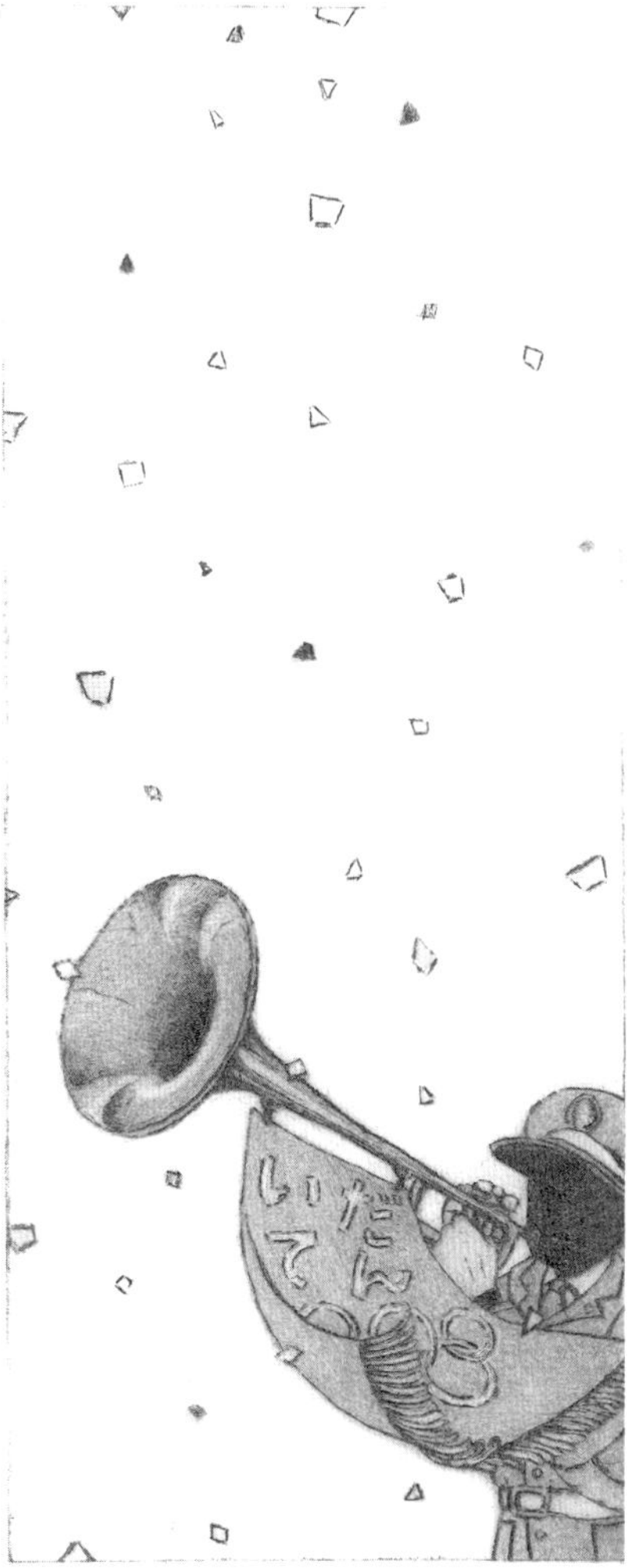

見覚えのあるトロンとした目つきでアロハ姿のマエケンこと歌手の前野健太が、グラス片手に私の席に来た。

「一次会は、なんか挨拶ばっかりで全然酔えなかったんで、こっからちゃんと酔いますから！」

「いや、酔わなくていいよ、めんどくさいから」

私がそう言うと、マエケンは「そうですよね！」と頭をかいてヒッヒッヒと笑った。

夜十時。大河ドラマ『いだてん』の打ち上げは二次会に差し掛かっていて、それまで大阪で映画『108』のプロモーションをしていた私は、途中参加であって、まだビールいっぱいも飲み干してない。大阪ではラジオ七本連続収録という全盛期のピンク・レディーみたいなスケジュールで、正直脳みそが搾りかすみたいになっていたが、このドラマの打ち上げは、ぜひとも参加、というより、見届けておきたかった。

さきほど余興で中村勘九郎くんとダンサーの菅原小春さんが『いだてん』のテーマに合わせて、見事なダンスを披露したところだ。菅原さんの身体はキレッキレで妙な切迫感があり、それはもちろん眼福でもあるが、うっすら切なくもあった。彼らの踊りに皆が異様なまでの歓声をあげればあげるほどにだ。

ここにいるみんなが「なんでだよ！」という匕首《あい》《くち》を後ろ手に持ちながら、はしゃいでいるのだ。二次会の冒頭の挨拶で役所広司さんが「視聴率が悪いとか、そういうことはおいといて、このドラマはほんとうに面白いんですよ！」と力説していたが、まさにその「悔しさ」と「矜持」が入り混じって会場に熱狂を作り出しているのだった。

宮藤が東京オリンピックをドラマにすると聞いて「流行りものに手をつけやがったな…」と正直思ったものだったが、蓋を開けてみると、オリンピックが政治利用されることへの圧倒的な批判で貫かれた、むしろ反オリンピック的であり、それは時代に逆行する内容で、そもそも東京でまたオリンピックが開かれることに対して、まったく賛成でない私からしたら、「よくぞやってくれた」と、毎度テーマ曲のファンファーレが鳴り響くたびテレビの前で高揚したものだった。

宮藤は、この企画から数えると四回誕生日を迎えたそうだ。心からお疲れ様と言いたかったが、ずっと爆笑しているので声がかけられない。皆川猿時の余興が始まったからだ。若い頃の皆川は、舞台ですべり倒していた。「うけたい！」という我欲が先走り、それが毎度うわすべりしていたのだ。しかし、二十数年の歳月をかけて「うけてもいいし、うけなくてもいいし」という境地に至った頃からすべり知らずの男になった。会場の俳優たちをいじり倒して次々に爆笑をさらっている。しまいには、主役の中村勘九郎にビンタしてディープキスまでしている。めちゃくちゃだ。それでもうけている。無双状態である。それを見て宮藤が一番笑っている。「いい風景だな」と私は思う。

私の挨拶の番が来た。まず、「皆川がお騒がせしました」と謝罪。これで笑いが来て楽になった。それからエロだグロだと言われ続けた自分の劇団から大河の脚本家と主演俳優が出たことの不思議について語った。「もうひとつあります」と、私は指を立てた。そもそも宮藤に官九郎という芸名を付けたのは、若い頃の中村勘三郎(当時、勘九郎)さんに風貌が似ていたからなのだ。そして、勘三郎さんと大人計画の付き合いが始まったきっかけは、現・勘九郎くんが若い頃うちの阿部主演の舞台を見て「お父さんも見たほうがいいよ」と、勘三郎さんに教えてくれたからなのである。それから時を経て官九郎が勘九郎主役の大河を書く。その縁と、めぐり合わせについて、よく考えていたので、それを語った。みな、その経緯を知らなかったようで「ほおお」となっている。なので、調子に乗って勘九郎くんを壇上に呼び寄せた。しかし、呼び寄せたものの、それから後、何を言っていいかわからなくなった。私も酔っていた。

「ええと…とにかく、私は、勘九郎くんの表情のひとつひとつに亡きお父さんの面影をどうしても見てしまい…」

次の瞬間「ええいままよ!」と感極まったふりをして、勘九郎くんにディープキスをしている自分がいた。これは皆川のやったことのテンドンなのでうけないはずがない。なぜか勘九郎くんと一緒に壇上に上がっていた宮藤も爆笑していた。

宮藤が笑って終われれば、まあ、それでいいんじゃないかな、帰りのタクシーで半分寝ながら私はそう思ったのだった。

人生って、なんなんだ。

第十九回

おいしい、は、難しい

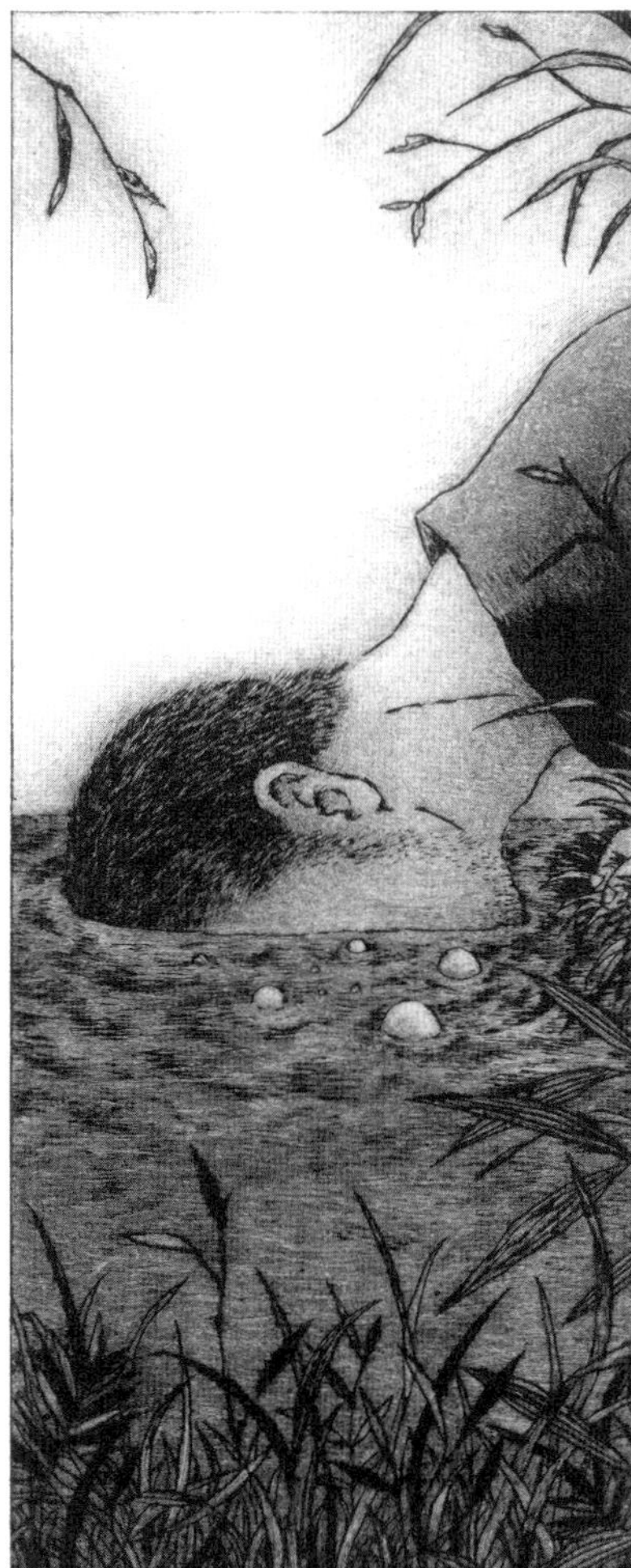

ここ最近は朝食に「沼」を食べている。有名なボディビルダーの方がＹｏｕＴｕｂｅで公開したレシピを使って、妻が作ったダイエット食だ。米、おし麦、オクラ、わかめ、昆布、鶏肉、しいたけ、といったものをオクラの影も形もなくなるほどグズグズに煮る。その、確かに、ため息が出るほどに、「沼」にしか見えないな、それも「そこなし沼」だな、という物体にカレー粉で味付けして、ひたすらズルズルと食べるのだ。悔しいことに見てくれのわりにうまい。昆布や鶏やしいたけの出汁が効いている。だから続いている。

とはいえ、「沼」である。見た目の不気味さとはいつも格闘している。修行感はある。料理というのは、味だけではないなと、つくづく思う。

私は、桜新町の「Ｉ」という中華屋によく行く。ここのラーメン、絶品、というわけではない。この間、「Ｋ」という店でトリュフオイルをふんだんに使ったラーメンを食べて、スープも麺も素晴らしいなと唸ったのだが、「Ｉ」は、化調を使っているし、具も、メンマ、ネギ、チャーシュー二枚で構成された、いたって基本的な醤油ラーメンだ。しかし、その基本が、すべて正しく、何一つ間違ってない感じ。それがいいな、安心できるな、と、思うのである。「Ｋ」のラーメンからトリュフの匂いがしたときは、さすがに「お、やんのか？」と身構えたもの。また、一杯五百五十円という値段も素敵すぎる。小津安二郎の映画に『お茶漬の味』というのがあって、その中で若き日の鶴田浩二が「ラーメンってのは、うまいだけじゃだめなんだ。こういうものは安くなきゃ」と言いながら、ラーメンをするシーンがあるのだが、確かに「庶民感覚」は、ラーメンという料理の存在価値に大きく関与していると私は思う。この店の店員さんの居方というものも非常にいい。基本笑顔である。それが自然だ。お勘定する際、数人の店員さんが「ありがとうございます」と言うのだが、必ず、トータルで十回になる。そんなにいらない、と普通思うが、あまりに当たり前のように言われるので、身体がそれを受け入れるし、もはや求めてしまい、そして数えてしまう。「あれ？ 今日は九回」と思う日も、店の扉を締めるギリギリのところで「ありがとうございます」が滑り込んでくる。五百五十円で十回の「ありがとうございます」。そこにあるのは、多幸感である。それも含めて「I」の味なのだ。トリュフのラーメンは九百円、「ありがとうございます」は一回。勝負は目に見えている。

一月ほど前、監督した映画『108～海馬五郎の復讐と冒険～』のプロモーションのため、『人生最高レストラン』という番組に出た。無申告であれがなにした徳井義実さんが司会だったので、放送が危うかったが、絶妙な編集でなんとか一週遅れで世に出た。十八禁の映画ゆえテレビ的な宣伝展開が少なかったので非常に助かる。なので、私は、苦手なトークだががんばった。映画の宣伝をしながら、三つのレストランの思い出について語る。ここにいたるまで、百以上の媒体で映画について語ってきたので、かなり滑らかに喋れたほうだと思う。が、最後に「自分にとって、おいしい」とはなにか、というわりと大きめな話で番組を締めなければならないのがプレッシャーだった。そんなこと、考えたことがなかったし。が、収録を続けるうち、頭の片隅で考えがまとまってきた。

「遊び、じゃないですかね？　犬や猫は同じ味でずっといけるでしょ？　でも、人間は、体に悪いとわかっていても、おいしいものを求め続ける。それは、おいしさで遊びたいからだと思うんです」

百点とは言わずとも、まあ、こんなもんじゃない？というトークが自分でも絞り出せたと思ったのだが、言い終わった瞬間、愕然とした。レギュラーの島崎和歌子さんが吹き出したのだ。

「ま・と・め・る・なあ！　みんなよく笑わずに聞いてられるね！」

ええぇ？　なにがおかしいのかわからない？　私は呆然としたままあたふたと番組は終わったのだった。バラエティが難しいのか、島崎和歌子が難しいのか、それすらわからなかった。

いまだに、ちょっとあの件をひきずっている。「沼」と向き合うたび、「おいしい」の深淵について思いわずらい、島崎和歌子の笑い声とともに頭の中まで「沼」になるのである。


人生って、なんなんだ。

第二十回

阿部サダヲの謎について

不思議なことが起きているな、と、日々思っている。

今現在、私が作・演出する『キレイ』という芝居を渋谷のシアターコクーンで上演しているのだが、ついに最終回を迎えてしまっている『いだてん』の出演者が、この芝居にも多数出演している。第一回東京オリンピックの立役者・田畑政治を演じる阿部サダヲはじめ、皆川猿時、荒川良々、近藤公園、麻生久美子さん、神木隆之介くん、前半は私も。まあ、大人計画の人間である宮藤官九郎が脚本を書いているのだからキャストがかぶるのもしかたないが、現在進行形のドラマを純粋にファンとしてワクワクして見ながら、稽古場でドラマとはまったく異なる役の彼らを演出しているのだから、俄然、頭が混乱する。「負けるな、田畑政治!」と、テレビ越しに応援している男に、次の日には「阿部、今の演技な…」と、注文をつけているのだ。しかも、阿部と麻生さんはドラマでは夫婦愛を演じているのに、舞台では、虐待するものとされるものの役どころで、阿部が麻生さんをバンバンぶん殴っているのだからややこしさの極みである。

それにしても阿部って男はつくづく稀有な俳優だな、と、我が劇団員ながら思うのだ。普通あんな頓狂な演技をするドラマの主役はいない。しかし、阿部はあの頓狂さでNHK大河主役という高い壁を軽々と越えていくのだから、しみじみ勝てないなと思う。なので、今回は、阿部サダヲという男について、初めてきちんと書いてみたい。

阿部との出会いは、三十年近く前、大人計画の新人オーディションの場においてであった。

最初の印象は最悪である。

普段からそうだったのかは定かではないが、坊主の金髪に軍服、という、わけのわからない匂いをプンプンさせながら、しかも大幅に遅刻して現れたのである。目つきは鋭く、声はききとれないほど小さい。履歴書を見ると、職を転々とし、何も長続きしていない。いや、とんでもないやつが現れたぞ、と、根っからの文系気質の私は頭を抱えたものだ。しかし、困ったことに、オーディションで一番おもしろかったのも阿部だったのだ。「歌ってみろ」というと、あんなに声が小さかった男が、いきなり本域のオペラを歌い出すのである。しかも、うまい。もう、わけがわからない。

正直迷った。迷ったが、そのおもしろさに賭けて、とった。まともな芸名では似合わないので、我ながらどうかと思う芸名を付けた。

しかし、それから私と、うちの社長の苦難の歴史が始まったのである。

舞台に出ると、ちょうどそれまで看板俳優だった温水洋一がやめたのと入れ替わるように阿部はたちまち人気者になった。それはありがたいのだが、とにかく、だらしがない。芝居の稽古には当たり前のように遅刻する。それはまだいい。いや、ほんとは全然よくないが、困るのは本番当日や、テレビや映画の現場に遅刻してくることだ。

舞台の本番に一時間遅刻してくる俳優をみなさんは見たことがあるだろうか？　私は、舞台上で「遅刻しました。すいません」と客に謝る俳優を見るという貴重な経験を阿部にさせていただいた。映画の撮影の日に遅刻した上、明らかに前の日の夜、頭の上で花火をやった跡がある状態で現れた俳優にも。

阿部が粗相しないようにしつけるまで三年位はかかっただろうか。その間も、特に女子の人気はうなぎのぼりになっていく。忸怩《じくじ》たる思いはあったが、やめさせるというアイデアは一ミリも浮かばなかった。ここに書くのも悔しいが、私は、日本中の阿部ファンの誰より阿部の演技に魅了されていたし、今現在進行形で魅了され続けている。叫ぶだけでおもしろい。いや、黙っていてもおもしろい。歌がめちゃくちゃうまい。セリフ覚えがずば抜けて早い。そんな俳優他にいるか？　そこには謎があり、謎が色気を醸す。大河の主役？　遅いよ、というほどに。テレビのCMで、常識人然としているのを見ると無性に腹が立つが。

しかし、しつけはとうに終わったが、阿部との戦いは静かにまた始まっている。

阿部も歳をとった、ということだ。テレビを見るたび「そりゃあ五十歳だものな」としみじみ思う。いつまでも元気に叫ばせ続けるわけにはいかないし、昔の戯曲の再演でも年齢的にできない役も増えてきた。歳をとったなりの新しい役を模索せねば。いつも頭の片隅にそれがある。だから、阿部と自分との間には、常に戦いの緊張感がある。それをおもしろくも、そして、寂しくも思う。

いつかその緊張がほどけて、二人だけで飲んで談笑したりする日が来るのだろうか？　来ればいいと思うが、そんな気配は、今、さらさらない。阿部五十歳。松尾五十七歳。日々は、けたたましく過ぎていく。

阿部に頼まれて、二番目の子供の名前をつけて、
十年以上がたった。

人生って、なんなんだ。

第二十一回　「当たり前」の存在感

事務所に届いた年賀状の返事を書き終え、マンションから五分のナチュラルローソンのポストに出し、ついでに、執筆に備えるためＬサイズのコーヒーを買って帰った。

年賀状の返事を出す。そんな当たり前のことを二度目の結婚をする前はずいぶんやらずに平気でいた。もちろん実家に帰ることもなく（そもそも八年前に取り壊されて実家がない）、しめ飾りを玄関に飾ることもなく、年越しそばや雑煮を食うでなく、神社に参拝することもない。新年会めいたものはやってはいたが、ただ、だらだら酒を飲んで終わりである。

当たり前であることを、なにかと避けていた。特に、正月というものを大事に考えることが、気恥ずかしかったし、とにかく、正直なにもかもめんどくさかったのだ。

思えば、まだぎりぎり正月に実家に帰っていた十年くらい前は、母が「正月の支度が疲れる」ということで、同じ街に住んでいた姉夫婦の家に行かなければならなくて、それが苦痛でならなかった。今はいなくなった義理の兄が、私のことを常に小バカにしていたし、わななくようなボリュームで居間の空気を誰も興味のないマラソンの実況で染め上げるテレビの存在も耐え難いものだった。母が、「誰も見とらん」と、消そうとすると、義理の兄が「寂しいやん」と止めるのだ。自分には、誰も見ていないテレビが大音量でついている居間にこそ寂しさの本質があるように思えたけれど。借金まみれで義弟に頭の上がらない実の兄は、ただただ居間の隅で小さくなっていて、それこそ実体化した寂しさのようで、その姿を見るのもいたたまれない。女たちはただ忙しく立ち働き、男たちは会話もなく酒を飲む。ただただ、東京に帰りたかった。

妻と再婚して、彼女の運転で妻のお婆ちゃんの住む横浜に毎正月行くようになった。

そういうときにお年賀と呼ばれる菓子的なものを持参するべきであるのを初めて知った。妻は、毎年お年賀を店で吟味する。もちろん、姪っ子たちのお年玉の袋も吟味して買う。お年玉袋を吟味、など自分にはありえないことだった。目についたやつでいいじゃんと思うが、そうもいかないという話だ。

今年九十六歳になるお婆ちゃんを中心に、義理の父母、その次男家族、私達夫婦、妻のいとこなどが、居間に集い、おせちをつつく。皆が皆、車で来ているので、酒を飲むのは泊まりがけで来ている義父と運転のできない私だけだ。前の結婚のときも、義父と飲んだが、前の義父は、年がら年中「日本はもうおしまいだ」的なネガティブなことばかり言う人で、辛気臭い酒だった。今度の義父は、エンターテナーだ。全国の道の駅を巡るのが趣味で、もう、八百箇所回っている、とか、七十歳近くになってボディビルにはまり、鋼鉄みたいになった胸板を見せびらかせてくれたり、ものまねパブにはまって週三回ぐらい通っているとか、なんというか、話を聞くだに、「正月だなあ」という気にさせてくれるのだ。お婆ちゃんが毎回お年玉を一万円くれるのも嬉しい。なぜか、AGA治療で増えた私の頭髪を、いつも十回以上褒めてくれるのも公開処刑のようでおもしろい。

お婆ちゃんのうちから帰り、マンションの近くの神社に参拝する。それも当たり前のことになった。おみくじも引く。今年は中吉だった。新年会でも、皆にお年賀を配る。しめ飾りも、餅も、欠かさない。当たり前のことは、すべて、妻ありきのことだ。さっきの年賀状だって、妻が住所を書いてくれなければ、めんどくさくてとうてい出せない話だった。しかし出した後は、心地いい。当たり前は、めんどくさいが心地いい。それが日々の生活の中で妻が教えてくれた一番重要なことかもしれない。

今飲んでいるコーヒーだって、ずいぶん平気でインスタントを飲んでいたが、妻がドリップ式のものを淹れてくれるのが当たり前になった。ただ、今、妻が美容院に行っていて家にいない。なので、コーヒー豆がどこにあるかわからず、それで、コンビニまでコーヒーを買いに行ったのだった。めんどくさかったが、家の中をせっせと探すことに比べればまだましである。

つまり、自力で当たり前にたどりつくには、まだまだ遠い道のりなのだ。いや、背中を押してくれる人間がいる分、彼女がいないときのめんどくさがり加減は、いや増しているようにすら思う。これから、地方公演の荷造りをしなければならないが、なにをどうしてよいやらわからない。彼女の帰りを待つしかない。

妻がいなければ、当たり前は、自分の前からがっさりいなくなる。それは、確かであり、おそろしいことだ。悔しいが、なんという存在感、なんという調教の成果。
当たり前に親しみ、そして匕首《あいくち》をつきつけられている。
人生って、なんなんだ。

第二十二回

私の人間味

自分は親戚というものが苦手である。肉親すらも歳をとればとるほど嫌になっている。血がつながっている、というのが生理的に気持ち悪いのである。どこか似ているのが許せないのである。それが人としてそうとう欠落した感情であるというのも十分わかっている。

小さい頃から、父や母の田舎に家族で帰るのが苦痛でならなかった。自分と同じ歳ぐらいのいとこたちと遊ぶのがまず嫌なのである。そもそも私は子供のくせに子供が苦手だったのだ。子供の遊びは、とくに男子は、いつでも勝ち負けがつきまとう。それがきつい。私は、たいがいのゲームで負けるのである。それは今でもである。ジャンケンすら負ける。だいたいグーを出してしまうからだ。

だから、どちらかというと大人といるほうがよかった。父が佐賀、母が鹿児島で、方言がきつくて、大人は半分がた何を言っているのかわからない。それが楽だったし、大人は子供をちやほやしてくれるし、大人と勝ち負けを競うようなことはまずないからだ。それでも、やはり、親戚といる時間は「がんばらないといけない」時間であることには変わりはなかった。私は、家にいるときはお絵描きばかりしている子供だったが、親戚の前ではなぜか歌ったり踊ったりする愉快な子を必死に演じていたからだ。人間が苦手でもサービス精神だけはある。それも今でも変わらない不思議なメンタリティである。

上京して九州の親戚たちとはまったく没交渉になった。三十年以上叔父や叔母、いとこたちとあったことがない。非常に楽だ。ただ、甥や姪に関してはがんばっていた時期もある。うろ覚えだが、竹内久美子さんというおもしろいシモネタを多用する動物行動学者の方がなにかの本で、甥っ子や姪っ子は大切にしたほうがいいと書いていたからだ(どういう理由で、かも忘れてしまったが)。

兄の長男が東京でギターの専門学校に入っていた頃は、家に呼んだり、食事に誘ったり、自分の芝居を見せたりもしていた。しかし、正直甥っ子との時間は苦しかった。私以上に内気で、とにかく全然喋らないのである。

「学校で、どんな曲の練習をしてるの?」

「……オブラディ・オブラダ」

大丈夫か? と、私は戦慄したものだ。東京でギターの学校に通いプロになろうとするほどの人間というものは、すでに、私生活でツェッペリンぐらい弾き鳴らすものだと思っていたからだ。あんのじょう長続きせず、甥っ子は田舎に帰った。そして、しばらくして兄が死に、前にも書いたが、私が借金して買った父の仏壇が、兄の入っている宗教団体によって燃やされたと後から聞いて、私は兄家族と一切の縁を切った。なんのためらいもなかった。元々兄家族は、お金でごたごたし過ぎていて、付き合っていてもろくなことがないのはわかっていた。

姉とも些細ないざこざが積もり積もって五年ほど前、縁がなくなってしまった。

これに対しては忸怩《じくじ》たる思いがある。姉の旦那がどこかへ行ってしまい、私が離婚して一人でいた頃、心配した姉が上京して家まで来てマッサージをしてくれた。お互いの傷をなめあいながら、肉親というのはいいものだなあ、という、私にしてはウェットな感情に包まれたこともあったのだ。

しかし、今は一切連絡はとりあっていない。それになんの後悔もない。

人間を優しいタイプとそうでないタイプに二分するとすれば、どちらかでいうと、私は優しいタイプだと思うし、無理に二分などせずともそうありたいと願っている。

しかし、「血のつながっている人」にだけは苦手意識があるし、だからこそ、自分の子供を作る気もないのだ。

人ともっとつながりたいと思っている。だからこそ、このように自分のプライバシーをさらけ出す仕事をしている。でも、人がプライバシーに近づきすぎると、ゾッとして逃げていく。この繰り返しである。おおむね幸せに過ごしているが、そのややこしい矛盾を抱えている点において、とてつもなく寂しく思うことがある。寂しさが頂点に達したとき、私は、マンションの前を通る電車に窓から手をふったりする。バカと思われてもいい。そうでもしないと、寂しくていたたまれなくなるのだ。

この間、姉の息子から初めてメールが来た。おじさん、人との縁はそう簡単に切れるもんじゃないですよ、と、優しく諭すような内容だった。そして私はこれに対して、闇金からの督促状が来たように怯えたのだった。

なにかの病気なのかな。

揺れている、甥のメールを着拒にするかどうか揺れている。でも、揺れで。心がうっすら患いそうになるほど。でも、揺れているところだけまだまだ、人間味があるな、とは思うのである。

人生って、なんなんだ。

第二十三回　中年として生まれたわけじゃない

子供の頃、武田鉄矢の唄で「働いて、働いて、休みたいとか遊びたいとか…そんときゃあ、死ね！」という唄があって、それを聴いたとき、大人ってそんな奴隷みたいなものなのか、と、背筋に冷たい戦慄が走ったものだったが、「死ね」と言われなくても、ここ二十年近く、ほぼ、休みもとらず遊びもせず働き続けてる自分がいて、去年辺りから「うんざりだな！」という言葉が胃の奥からせり上がって来ており、喉元で、パラシュート部隊のように落下の待機しているのを感じている。

　そりゃあそうだ、と思う。もう、私は五十七歳。あれよあれよと六十歳になる歳なのだ。知り合いのテレビ局の人達は次々定年を迎えている。そんな中、私は、いまだ二年先まで仕事が決まっているのだ。なのに、インタビューなどされると、「松尾さん、今後はどういった仕事をやっていきたいですか？」などと、平気で聞かれる。思わず胸ぐらをつかみたくなる。

「君のお父さんは、もう、定年とかしている歳じゃないのかな？」

　しかし、サービス精神の塊の私は、「そうですねえ、パリで見たキャバレーのショーみたいなものを日本的解釈で作ってみたいですねえ」などと、思いつきを答え、気がつけば、その話はプロジェクト化され、実行に向けてじわじわと動き始めていたりするのである。

　企画を思いついてしまう自分が嫌だ。思いついたときは、楽しい。しかし、実行するのがどんどん億劫《おっくう》になってきている。そりゃあそうだ、と思う。もう、私は五十七歳。あれよあれよと六十歳になる歳なのだ。知り合いのテレビ局の人達は次々定年を迎えている。…って、話がループしている。きっと歳だからだ。常々思う、企画を思いつき、それをただ話すだけのファンタジックな仕事ってないかな、と。

この間、松重豊さんと、とある鎌倉の豪邸でドラマの仕事をした。松重さんはわけあって猫の格好をしていた。一シリーズを短期間で撮ってしまおうというドラマで、撮影のスケジュールは朝から夕方までビッシリ。撮影の合間に、椅子に腰掛け、松重さんがポツリと漏らす。

「夕方になると、もう、集中力が切れて、ダメですねえ…」

私と松重さんは、同い年である。

「もっと若い頃にいっぱい仕事したかったですねえ」

そう私が言うと、松重さんも苦笑いを浮かべる。

「あんなに体力も時間もいっぱいあったのに、バイトばっかりしてましたね」

小劇場出身の俳優には、遅咲きが多い。松重さんも、小日向文世さんも、吉田鋼太郎さんも、六角精児さんも、故大杉漣さんも。皆が認識するのは、中年を過ぎた姿だ。うちの阿部サダヲだって、大人計画のファンならともかく、ほとんどの人が思い浮かべるのは、中年になってクイックルワイパーを嬉々として使っているニコヤカなおっさんなのではなかろうか。

たまに二十年くらい前の舞台のビデオを見直すのだが、そこでは気力も体力も充実している自分が、狂気を撒き散らしながら、アドリブでバンバン爆笑をとっていて、変な感情だが「うらやましいな！」と思う。阿部も宮藤もみんな若く、一つ一つのセリフや動きにエネルギーが漲《みなぎ》っていて、舞台全体のドライブ感がすごい。なのに、みな、舞台以外の仕事がすがすがしいほどない。だから、ほとんどの人が我々の「この感じ」を知らない。

それを少し寂しく思う。

みな、舞台をやっていないときは、バイトやパチンコや飲み会に明け暮れていた。たまにドラマの仕事が来ると、緊張してセリフをとちったりする。「あんなに暇だったのに、五十過ぎて馬車馬みたいに働いてんだもんなあ」

松重さんは、また苦笑いを浮かべつつ、出番が来たので、猫の被り物をセットしてカメラの前に立つ。五十七歳で猫。わけがわからないが、なんとなくかっこいい。

五十を越えてから、セリフがやたらと多い役をいただく。今も、新しい舞台でセリフと格闘している。出番が多いのは嬉しいことだが、セリフを覚えるのがどんどん苦痛になっている。このセリフ、若い頃ドラマの現場で三行のセリフで緊張していた自分にラッピングしてプレゼントしたい。あんなに仕事がしたい、と、狂おしく思っていた願いは二十年後に叶えられ、今、自分を青息吐息にさせている。「うんざりだな！」という言葉をゴクンと呑みながら、今日も稽古場に行く。叶った願いに首を絞められる苦さ。それが、小劇場出身で今バリバリ仕事をしている人間が背中にまとう、うっすらとした哀愁なのではなかろうか。その後ろ姿はこう語っている。

信じられるかい？　我々は中年の姿で生まれてきたわけじゃないんですよ。

人生って、なんなんだ。

第二十四回

しなくていいし、しちゃいけない

昼、私は、コーヒーを飲みながらリビングの窓から電車を見る。二重サッシの窓なので、音はほとんど気にならないが、マンションのかなり近くを走っているので、どれくらい人が乗っているのかがよくわかる。緊急事態宣言以降、確かに乗客は減った。薄ら寂しいという言葉があるのかどうか知らないが、その光景は薄ら寂しいとしか言い表せない。

そんな私は濃厚接触者である。なんだそのセクハラで告発された人みたいな言葉は、ぐらいに考えていたのだが、まさか、自分がそれになるとは。

保健所からのお達しでかれこれ十二日、ほとんど外に出ていない。が、発症もしてないのでいたって元気だ。昨日も、バベバニさんという韓国人のフィットネスインストラクターがいるのだが、彼女がYouTubeで披露しているハードな運動をリビングで真似していたら十四分で太ももが死んだ。わざわざ運動でおのれの体の一部を殺すほどに元気なのである。だが、なにしろ、身内の宮藤官九郎がコロナ感染者になり、その濃厚接触者になったことは、著名人では志村けんさんの次、ということもあり、まあまあ大きなニュースにもなったので、私も当然出歩けるわけもなく、部屋の中からコーヒーを飲みながら電車の乗客を眺めることでしか世間とつながるすべがない。ほんとはビールでも飲みたい気分だが、蟄居生活で昼からそれをやり始めるとアルコール依存症まっしぐらだ。

世間のニュースを毎朝見る。その様子を一言で言えば悲愴だ。コロナにかかった人の大変さより、自粛で生活が逼迫した人の悲愴さが目に余る。私も大きな仕事が二つ飛んだ。その補償は政府から当然ないだろう。今年、読売文学賞を受賞した。二百万円もらえた。ラッキーといえばラッキーだが、棚ぼた、ともいえる賞金が生活費に消えるのは、虚しい。

コロナを意識し始めたのは今年の二月の初め。『キレイ』というミュージカルの大阪公演をやっているとき、キャパ二千八百人満場の客席が白いマスク姿で埋め尽くされているのを見たときからだ。「うわあ…」という言葉が自然に漏れた。しかし、あの頃は、インフルエンザ対策も込みのマスクだったろう。

まさかここまでになるとは誰も思っていなかったのである。

その後も、たんたんと日々の仕事をこなし、二月の終わりから『もうがまんできない』という宮藤の演出の舞台もたんたんと始まった。しかし、じわじわと周りの劇団や音楽のライヴが自粛で公演中止にはなり始めていた。我々はどう思った？「かわいそうだ」と思っていた。本番になる頃には収束しているだろうと楽観していたからだ。雲行きが変わったと思ったのは、志村けんさんが発症したニュースを聞いたあたりからだ。だが、上演の可能性がある限り稽古をするしかなかったので、誰もそれを口にしなかった。言霊という言葉がある。公演中止。興行に関わるものとして、口にする事自体が禍々しい言葉である。だから、稽古場は日に日に静寂に包まれていった。

「初日を十日ずらしましょう」

社長がそういったとき私は正直ホッとした。風評にさからって公演を決行した劇団やバンドは叩かれ始めていたからだ。笑いをやろうという人間が、客を病気に巻き込んでは絶対にならない。被害者はまだ笑える。しかし、加害者はまったく笑えない。

そして、事態は急転直下。高熱で何日か休んでいた宮藤の感染が発覚したからだ。当然、完全に公演は暗礁に乗り上げた。一月半の稽古の最終日のことだ。

激しい虚しさも感じたが、宮藤がコロナにならずとも、結局、緊急事態宣言がなされるずいぶん前に、日本ではイベントを開催できるようなムードは一切なくなっていた。演劇をやっている仲間から聞こえるのは愚痴を通り越した悲鳴ばかりだ。稽古、本番、合わせて三カ月分の仕事がいきなりがっさり飛ぶのである。それでも公演再開の是非は宮藤の回復に最後の望みがかけられていたが、五月六日までの緊急事態宣言の発令でなにもかもなくなった。唯一の救いは、公演中止が宮藤の発病のせいではなくなったことだ。

あと、二日で観察期間が終わる。そのときには、豪勢にシャンパンを飲んで憂さ晴らし、と思っていたが、飲み屋が自粛している今、もはや、それもかなわない。自由と不自由が同時に押し寄せてきたとき、自分はなにをすればいい。

朝、電車を見ると、意外とギュウギュウ詰めだ。昼とはぜんぜん違う。窓越しに働いていい人と悪い人の境目が明確になる。それを見ながら私は「なくても誰も困らない」仕事をしていたんだな、と、つくづく思う。そこに、虚しさと気楽さを覚える。なんにもしちゃいけないし、なんにもしなくていい。こんな気分、なかなか味わえない。悲愴で、こっけいだ。

人生って、なんなんだ。

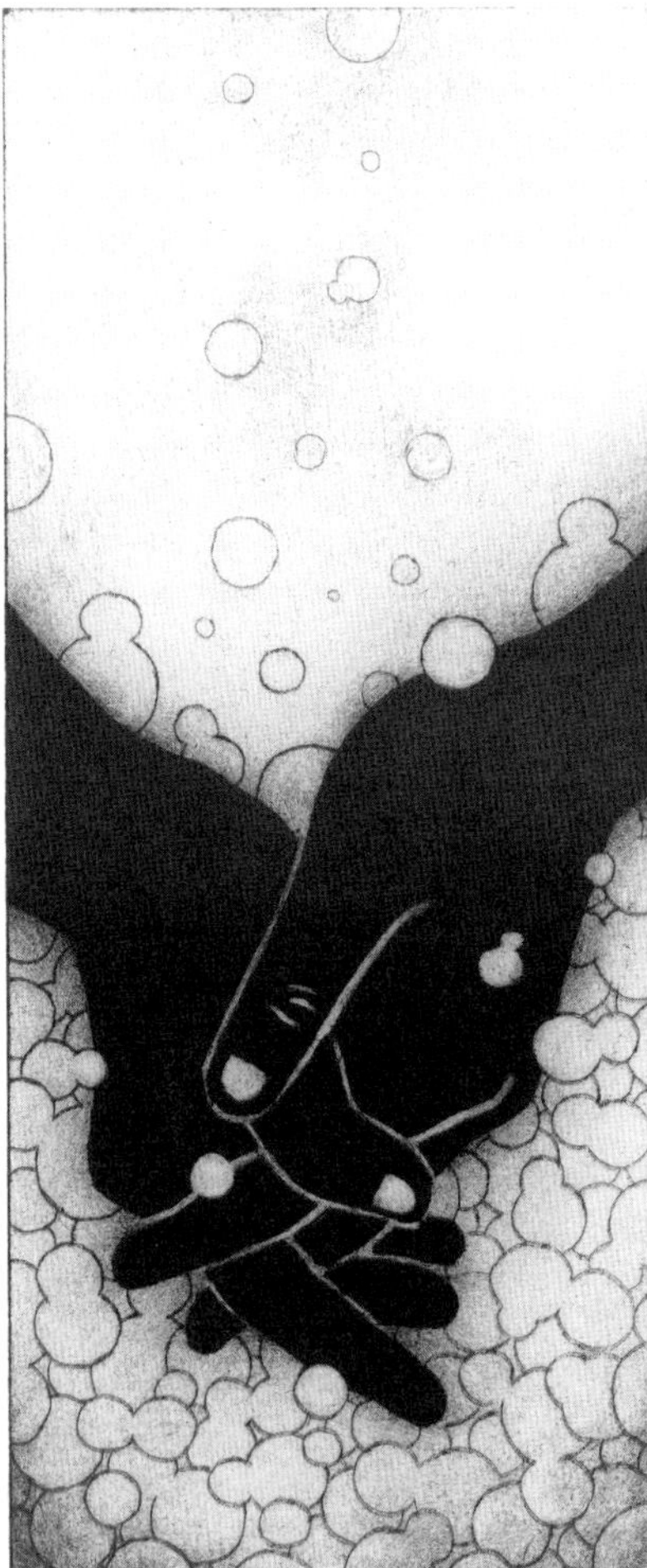

第二十五回　こうして僕らは慣れていく

先日、車の点検のため、久しぶりに新宿に出た。といっても、私は免許を持っていないので妻についていっただけだ。しかし、持ち主は私なので、車屋さんは私にも話しかけてくる。やたら大きな声の方なので、正直、顔を背けたくてしょうがなかった。そんな自分を少し恥じた。

二カ月以上ずっと家にこもっていたら、マスク越しといえ他人と直に喋ることに恐怖心がやどり始めていたのだ。特に自分は濃厚接触者として、最初の二週間かなり神経質に人との接触を避けていた経験がある。少し調子が悪い日や、咳が出た日は、何度も熱を測り、「ああ、コロナじゃない」と、ホッとする。そして、一度も熱が上がらず、観察期間を終え、自分が感染者じゃないと実感すると、この「純」な状態をなるべくキープしたいという欲が出て、しかたなくコンビニに行く以外、一切人と接触せずにいたのである。コンビニから帰れば帰ったで「マクベス夫人かよ」というほど執拗に手を洗った。自分が情けないが、感染者の闘病の話を聞いている身としては、避けられるリスクは力いっぱい避けようじゃないかと開き直っている。

点検の間、テイクアウトの食事を探すため、人けのない歌舞伎町を歩いてみた。天気だけはやたらといい昼間の歌舞伎町はまるで映画のセットのようで、赤い歌舞伎町のゲート越しに見えるビルの、どでかいモニターの中で小池都知事が「乗り越えましょう」なんて言っているのも映画の中の一シーンめいてリアリティがない。が、現実だ。たまに開いている蕎麦屋なんかを覗くと、会社員がビッシリいたりしてギョッとする。勇気あるな、なんて思ったりもする。しかし、彼らにはそれが日常なのである。リモート仕事のできないものは、普通に満員電車に乗り、昼飯を店で食うしかなく、その現実に慣れるしかない。誰もびくびくしながら蕎麦をすすっていない。当たり前だが普通に、なんならちょっと楽しげにすすっている。

どんな危機的状況でも日常というものはある。自分だって、家に籠城はしているものの、その中で『スター・ウォーズ』シリーズをストーリーの年代順に見たり、長らくご無沙汰だったテレビゲームを始めたり(『TOKYO JUNGLE』という、人類が死に絶えた東京で生き残ったペットたちが、弱肉強食のサバイバルを繰り広げるというもので、自分は今、ポメラニアンになって、鶏を襲ったり、交尾したり、猫に食い殺されたりを繰り返している)、ひきこもり生活を最大限に楽しもうとしているし、書き物仕事は普通にあるので、こうしてパソコンに向かう時間も長い。それは、まったくいつも通りの風景だ。

仕事場に子どもたちの嬌声が聞こえる。窓からは児童公園が見える。適度な距離をもって、みな、生き生きと遊具で遊んでいる。学校が大嫌いな子どもだった自分にすれば、二カ月以上の休みは天国だろうな、なんて不届きなことを思う。公園の向こうには葬儀場が見え、死は不要不急とは無縁にとめどなくやってくるので、喪服の人々は途切れることはない。葬儀場の裏手には墓地が広がっている。生と死の日常が窓からパノラマで見渡せるこの部屋が好きだ。

『スター・ウォーズ』も『ハリー・ポッター』も制覇した。次はなににしようか。慣れ、は怖いが、慣れなきゃやってられない。

人生って、なんなんだ。

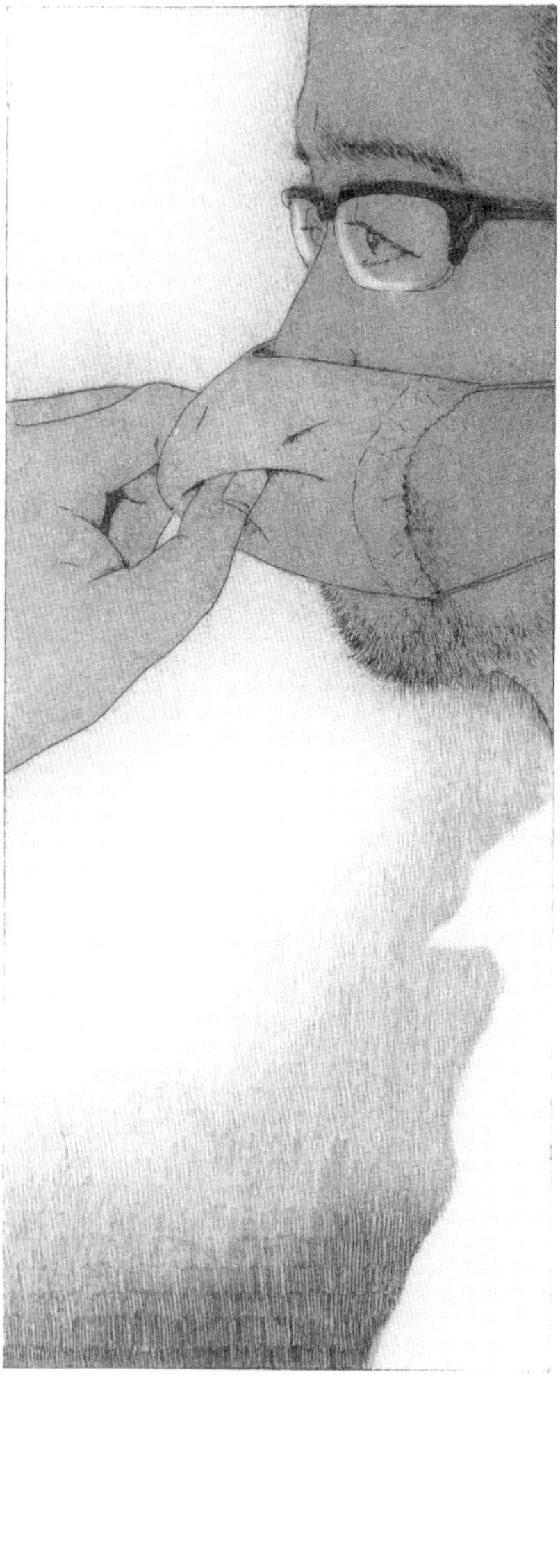

第二十六回　皮肉なハレの日

手越祐也がジャニーズ辞める？ そんなすこぶるどうでもいいニュースがテレビで放送されている。『羽鳥慎一モーニングショー』の冒頭では、ピアノを弾く手にじゃれる猫のしょうもない動画を紹介し始めたりもしている。

コロナビールを飲むのも気がひけるほど、コロナコロナな日々だったが、日常は徐々に戻ってきつつ…あるのだろうか？ 朝、食卓から電車が見える位置に我がマンションのリビングの窓はあるのだが、通勤時の電車はもう、密どころではない密々だ。もうしわけないが、コロナでなくともあれには乗りたくない。それは、俄然日常だ。

私は、芝居が一本飛んだので、大きな暇ができ、その間に、今年の十月に上演する予定のミュージカルの戯曲を半分ほど書くことができた。六月の時点で、このペースは異例である。ミュージカルは、稽古が始まる前に曲を発注し、ダンスの振付も練り上げる時間が必要なので、早めに戯曲があるにこしたことはない。いや、本当のことを言うと、当初はところどころに音楽の入る音楽劇を作ろうと思っていたのだが、なにしろ時間はたっぷりあるし、だったら『キレイ』という三十代の終わりに書いたミュージカル以来、二十年ぶりくらいに本格的なミュージカルにしてやろうと自粛中に構想が変わったのだ。歳をとって新作が書けなくなる前に、もう一本ぐらいミュージカルを書き下ろしたいとは思っていたのだ。これは、なかば、この不幸な状況に対する意地でもある。

ミュージカルといえば、ミュージカル俳優達は、今回のコロナ禍でそうとうダメージをくらっている。ミュージカルは長めの公演が多い。元手がかかるので、それくらいやらないとペイしないのだ。三十公演、四十公演、中には百八回の公演が飛んだと苦笑いする俳優もいる。百八回といえば、稽古期間も含めたら一季節以上キープしていた時間がばっさりと空くのである。しかもその間バイトしようにも、彼らのバイト先である飲食やイベント業は、軒並み自粛でやっていないという、袋小路である。もちろん給付金など誰の手にも届いてない。

で、「そうだ、もう自粛も明けたし、時間の空いている俳優を集め、新作のプレ稽古をやろう」ということになった。作曲家も呼んで、曲作りのイメージのため、いろいろ歌ってもらおうという算段だ。

稽古場で、久しぶりに俳優たちと会った。ビデオを使ったリモートオーディションでとった新人もいる。アベノマスクをして行ったらみんなにうけた。私は時々アベノマスクをつけて外出している。

「ほんとにして歩いている人見たよ！」

と、街の人々に帰宅後の話題を提供するためである。もちろん、喋りづらいので稽古が始まった途端、顔からむしりとった。あれをつけて長々と喋ることができる首相はたいしたものだと思う。

作曲家でピアニストの方も呼んで、あらかじめ作曲された二曲ほどの歌を皆に歌ってもらう。人間の生の歌声を聴くのはどれくらいぶりだろう。ましてや、自分が書いた詞を初めてプロの歌い手に歌ってもらう瞬間、というものは、えもいえぬアドレナリンが出るものだ。集まれない。大声を出せない。笑い合えない。ずっとずっと奪われ続けていた「ハレ」の感情がようやく戻ってきた気がした。俳優たちは「二カ月ぶりに歌った」と、半ば頬を紅潮させて言う。もちろん、みな、机を離して、マスク越しでいるのだが、大きな一歩だった。

コロナがなければ、こんなに早く台本や曲ができるはずもなく、コロナがなければミュージカル俳優たちもこんなに早く集まれなかった。中にはオリンピックの開会式で踊る予定だった人もいるのだ。皮肉なハレの日だった。稽古が終わっても、飲みに行って、その「ハレ」を分かち合えない。それも含めて皮肉だ。Ｚｏｏｍ飲みも何度かやったが、自分にはあまり向いてない気がした。ああ、居酒屋でみんなで飲みたい。くだらない話をして酔っ払いたい。その日がいつ来るのかわからぬまま、今日も自宅でネットフリックスを見ながらワインを一本空けている。

人生って、なんなんだ。

第二十七回　そして生活は続く

T山荘に泊まっている。執筆と休養のためだ。コロナ禍の中、日本の状況は刻一刻と変化していて、その中で私は新作の戯曲を書いている。難しい。芝居には生身の人間が出るからか、どうしてもその時代の生の気分というものを定着させたくなる。しかし、その気分が感染者の増減だったり大雨だったりで、書いているはしからコロコロ変わりゆくのである。なので、世の中の動きとあまり関係ない場所に一泊してリフレッシュしながら書こうと、父の故郷である佐賀の田舎の旅館を予約した。ところが、とたんに東京の感染者が二百人増となり、さらに佐賀を含むほぼ九州全域に警戒警報レベルの大雨が降ることがわかり、「世の中のど真ん中じゃないか」と、東京脱出を断念。ならば、と思いついたのが目白のT山荘だった。

ここは結婚式で有名なホテルだ。普段ならそんな浮かれたホテルで作品を書こうなんて思うわけもないが、この時期流石に結婚式をT山荘でやる人はあまりいないだろうとふんで行ったら、あんのじょう、ガラガラだ。部屋の窓からはやけに広い庭園が見えるが『シャイニング』に出てくるホテルを連想させるほど人の気配がない。世間と隔絶されている感が絶妙だ。しかも、ここにはなかなかいいサウナがある。

自粛中、私はサウナに行きたくてしかたなかった。私にとってサウナは気分をリフレッシュするのに大事な場所だ。T山荘の広いスパ施設を独占しながら、数カ月ぶりに私は一息つけた。汗をかくのも久しぶりで、スッキリしながら、ようやく落ち着いてSさんのことを考えたりした。

六月は自粛明けとともにひどい忙しさだった。WOWOWから「コロナ禍で閉じている劇場を使ってなにかやりたい。松尾さんにもシアターコクーンの芸術監督としてぜひ番組を作って欲しい」と持ちかけられ、出演者全員がアクリルボックスに入って歌や芝居をやるという企画を思いつき、それにかかりきりになっていた。

音楽は、長年私の芝居で音楽監督とピアノをやっているMさんと、サックスを吹いているSさんにお願いした。今年の二月までやっていたミュージカル『キレイ』ぶりの再会だ。Sさんに会ったとき、「あ」と声が漏れそうになった。『キレイ』のときとは別人のように痩せていたからだ。

数年前からSさんはステージ四のがんと戦っていた。それでも、抗がん剤治療をしながら、何本も仕事をご一緒させてもらった。「仕事をすることがSの生きる力になるから」とMさんは言い、私も同じ気持ちだった。『キレイ』は公演期間が長く、上演時間が約四時間という非常にハードな現場だったが、Sさんはいつも優しい笑顔で(それでも抗がん剤を入れた直後はつらそうではあったが)乗り切っていた。あの頃とは、あきらかに体の動き、顔色、声の調子が違う。それでもにこやかに八時間の収録を、サックスを吹いたりタンバリンを叩いたりの大活躍で終えた。「気を遣われている」と思うのも気疲れするだろうと、体調のことは聞けなかった。変わったのは本人が一番わかっていることのはずだ。家族の方を従えて現場に来たのも初めてのことだった。

Mさんから「Sが死にました」と連絡が入った

のはそれから一週間後だった。その時まず頭に浮かんだのは「人は死ぬ一週間前でもサックスが吹けるんだ」というバカみたいな感想だ。そして、ジワジワとやるせない思いで心が満たされていった。

それからしばらくしてその番組『劇場の灯を消すな！ 松尾スズキプレゼンツ アクリル演劇祭』は放映された。この作品を納品する直前まで、エンドロールにSさんへの追悼の言葉を入れるかどうかで迷っていたが、オンエアーのエンディングで、歌い踊る私のバックで軽やかなサックスを吹くSさんの姿を見て、入れなくて正解だったと思った。あんなにイキイキしている人を、なにも番組の中で死なせなくてもいい。この番組はきっと何度も再放送される。その中で確実にSさんは生き続ける。その命を毎度否定するなんて切なすぎる。なんて愚かなことを自分はやろうとしていたのだ。

それからしばらく、ホテルの風呂に浸かりながら、この仕事を始めて三十年間で死んでいった仲間のことを一人一人ゆっくり思い出し、私は部屋に戻って、なにごともなかったように仕事を始めた。心の中の感傷のドアを閉じる技だけ歳をとるほどうまくなる。嫌になるが、しかたない。おのれが生きるためだ。だが、Sさんの早すぎる死もきっとなにか私の作品に影響を与えることになるだろうこともわかっている。

そして生活は続く。

人生って、なんなんだ。

第二十八回　家、諸行無常

大雨による川の氾濫や住宅の浸水のニュースばかり聞いていたら、ふいに昔バラックに住んでいたことを思い出した。

人生のいっとき、自分はバラックに住んでいた。九州の実家の隣には小さな山があり、その山の中腹の小径に建てられたバラックだ。バラックとは、よく貧しいアジアの国のドキュメンタリーなどで見かける、トタンと木だけでこしらえられた、一年もてば充分でしょうという貧しさの象徴のような簡易的な家のことである。一家五人、ものすごく狭い、虫の出入りの自由なバラックにどれくらい住んでいたかわからないし、あまりに幼くて、バラックに住むことの情けなさもわかっていなかった。そうだ、実家が、大雨で床上浸水し、一時的に避難した場所に父が自力で建てたのだ。などと芋づる式に思い出す。どこでも裸足で歩いていたな、なんてことも。

人生でバラックに住んだ経験のある日本人は今、どれくらいいるだろうか？　それを思うと、ちょっとだけ誇らしい気持ちになる。

どれほどバラックにいたかは思い出せないが、修復されたもとの家に二十三歳で上京するまで住んでいた。

小学校五年生くらいまで自分の部屋がなく、居間の隣の両親の部屋で寝ていた。二段ベッドが作り付けられた狭い子ども部屋はあったが、そこには九つ離れた兄と、六つ離れた姉がいて、さすがに私の入る余地はなかった。やがて兄が所帯を持って出ていき、私は、子ども部屋の上段のベッドに入った。姉とどのくらいその部屋で過ごしたかは覚えてないが、すでに性に目覚めてしまった自分にとって、姉と一つ部屋は気詰まりでしかたなく、漫画と小説と深夜ラジオに没頭した。音楽は、かつて裸足で歩いていたくせに、テクノポップをよく聴いた。そして家族が寝静まったあと、ささっと、トイレや風呂でオナニーをすますのだった。

高校ぐらいで、ようやく部屋は自分一人のものになった。思春期を完全にこじらせていた私は、家族と口も聞かず、学校に行く以外、ほとんどその部屋にひきこもって投稿用の漫画ばかり描いていた。近所のものともうまくいってなかったし、早く漫画家になってこの家を出ていきたかった。

だが漫画は一度も物にならぬまま、私は大学を卒業し、就職のため上京した。家には父と母だけになった。その頃には、木の板に黒いコールタールを塗っただけの外壁は、モルタル塗りの今どきの感じに改装されていた。が、とうとう最後までトイレは水洗になることはなかった。よく考えたら、汲み取り式のトイレで自分はオナニーしていたのだ。人間、なせばなる、である。

それからは一年に一回、正月に帰るだけになった。それも一日だけ。

三十歳になった頃、父がガンで死に、それから長い年月をかけ、母はゆっくりボケていき、施設に入所するまで、一人でその家に住んだ。

入所前は大変なことになっていた。悪徳業者に目をつけられ、母は次から次と詐欺にあった。いりもしない高価な布団、契約だけでなにもされなかった床下のリフォーム、二十四時間風呂…、知らない間にそれらのローンが組まれていた。実家

に鍵がかかることはなく、業者は自由に家に入り、母の貯金通帳をいじっていたのだ。彼らの会社に電話をかけても、

「…現在使われておりません…」

東京に住む私は怒りの持っていきようもないまま、すべてのローンをただ払うしかなかった。

恍惚の境地にいた母は、大量の煮物を毎日作っては、近所の野良猫を餌付けしていた。その猫たちは、誰かの手によって次々に毒殺された。

母が、施設に入所して数年、私が四十の半ばころ、家が老朽化したので取り壊すことになった。

「今日、全部更地になったよ」

と、姉から連絡があったとき、納屋に保管していた学生時代に制作した大量の絵、描きかけの漫画、自分の写真などが、ブルドーザーでグシャグシャに壊されるシーンが思い浮かんだ。その時はもう遅い。私には九州での過去を振り返るものが未だになにもない。

私も三十代後半で結婚して、世田谷区に家を持った。七年後、離婚して私はマンションに移り、その後、元妻が住み、出ていき、その後、付き合っていた人の妹カップルが住み、その後、私の仕事の助手をしていた男が住み、そこに妻を亡くした私の友人が転がり込み、元助手が農業をやるため、地方に越し、未だ、妻を亡くした男が住み着いている。きっと、彼は、生涯そこに住むだろう。

土地を買い家を建てるとき、ふとそこに人は永遠をもくろみがちだが、人が必ず死に、別れを繰り返す以上、そこには諸行無常という言葉がつきまとう。自分は家を買うことはもうないと思う。

無常に立ち向かうことに疲れてしまったから。
　更地になった松尾家の実家は駐車場になり、そこには誰かのスズキの車が停まっている。それでいい。

人生って、なんなんだ。

第二十九回

妻がシャドウボクシングを始めた日

若い頃は、なんだ、小腹がすいたなと思うと、どんぶりいっぱいの飯におしんこと海苔をのっけて、夜中にかっこんで寝ていた。ラーメンを頼むときは必ずチャーハンもつけた。

若い頃と言っても、三十歳の頃だって、近所の蕎麦屋でざるそばとミニではない親子丼のセットを瓶ビール付きで頼み、文庫本を読みながら昼を過ごすのが極上のひとときだった。

それでも、私は身長百七十一・五センチで(なぜか四十歳過ぎてから一・五センチ伸びて百七十三センチになったが)、体重は六十キロに満たなかった。

どんぶり飯、ラーメン、そばと親子丼の炭水化物二階建てセット、瓶ビール。遠い目をして言う。今は、すべては夢か幻だ。

四十歳過ぎてから何を食っても太るようになってしまった。「そうは見えませんよ」とよく言われるが、私のスタイリストは知っている。私の腹回りのサイズが四季折々に変化することを。手足が細いから気づかれにくいが、腹のサイズは完全にメタボリック症候群である。医者には常に内臓脂肪過多をチクチク言われる。気がつけば私の体重は六十五キロを下回ることはなくなっていた。それでも、中年なんだから仕方ないじゃないかと開き直っていた。

五十代になって糖質制限がダイエットに効く。というのを、ほうぼうから漏れ聞くようになった。糖質を抜くことで脳から鬱が消えるオーソモレキュラー栄養療法というのも。これを提唱している溝口徹先生は、ご飯茶碗を持っていないそうだ。

鬱が消えるのは素晴らしいがそんな切ないことはできないので、私は、夜だけ炭水化物を抜く、というのを五十歳以降実践している。女性誌でこんなことを書くのは心苦しいがパンは一切食べない（私の印象では、女性誌はなにかといえばパンを薦めている風潮がある。なにしろ『クロワッサン』という女性誌まであるじゃないか。しかも驚くべきことに内容はクロワッサンとほとんど関係ないのだ。なのに売れているのはクロワッサンというカロリーの化け物の持つ魔力。それにほかならない）。書店で『長生きしたけりゃパンは食べるな』『「いつものパン」があなたを殺す』という本を立て続けに見た。なんというか心が震えるタイトルだ。だが、個人的な見解だが小麦に中毒性があるという意見は、なんとなくわかる。ラーメンに狂ったようにハマっていた頃があった。休みのたびに美味いラーメン屋を探し妻の運転する車で食べに行っていたし、しまいには製麺機まで購入して一からラーメンを作るまでになった。

あの頃の自分に言いたい。バカかおまえは、と。

しかし、気をつけてはいたが、コロナ禍の自粛中、私は思う存分太ってしまった。ついに人生初の七十キロ超えである。一張羅のドルガバのスーツが上も下も入らない。それで、夏は朝、素麺を食べるのが最高なのだが、朝も炭水化物を抜いた。それでも一向に痩せない。なにしろ私は濃厚接触者だったので家にこもりっきり。摂取カロリーが消費できないのだ。

私はここに来てついに本格的な糖質制限をやってみようと思った。六月の舞台が飛び、七月八月にかけてやろうとしていた仕事を七月中に仕上げてしまったので、八月はスケジュールががら空きだ。一カ月時間が空くなんて二十年以上なかったことだ。これを使ってなにができる？　そうだ、ダイエットだ、自己投資だ、と腹をくくったのである。糖質というのは、ご飯やパン、麺類にだけ含まれているわけではない。カボチャや芋、根菜に多く含まれているし、ポン酢など調味料にも入っているから油断できない。日本酒、ビールもNG。魚でも煮物には砂糖ががっさり入っている。揚げ物は、小麦粉がついているから論外だ。きつい。が、第二次濃厚接触者である妻にも付き合ってもらいメニューを工夫した。スーパーで買い物するときは必ずカロリーと糖質と脂質を確認、砂糖依存症のドキュメンタリーなど見て「怖いねー」と言い合いモチベーションを高めたりもした。

結果、二週間で二キロ、そして今一カ月半で四・五キロ落ちて六十五キロ台突入である。ドルガバのスーツも着れる。私はスタイリストさんにメールした。

「私、腹回り六センチ落ちているんで次の仕事気をつけてくださいね」

なせばなる。

しかし、このやり方には向き不向きがあるようで、メニューを考案し、大好きなアイスや日本酒を断って筋トレまでして一カ月半私のダイエットに付き合った妻は、なぜだろう一キロしか痩せていないのだ。

今、妻は「我慢と成果の折り合いがつかない！」と、一日三十分以上シャドウボクシングをしている。今も「シッ！　シッシッ！」と吐息が居間から聞こえてくる。正直、ちょっと怖い。

食って食って、必死で痩せて、達成感もって……三十歳の頃の自分がタイムマシンで私を見たらなんと言う？

やっぱり、バカかおまえは、かな。

人生って、なんなんだ。

第三十回

地球よ止まれ！ 僕は雑談がしたい！

ついにラーメンを解禁にした。ハードな糖質制限ダイエットをしていたので三カ月ぶりである。しかも、横浜家系だ。昔、それを初めて食べたとき、その味付けの濃さと脂の多さに、密かに吐いた。今回はあえてその家系を選んだ。多分、心の中に行き場のない気持ちが溜まっているからだろう。半ば自傷行為だ。

私は今、俳優やスタッフたちと雑談がしたい！もしかしたら五十七年の人生で一番そう思っているかもしれない。だから、これほどパブリックな場所でこれほど些細な欲望を叫んでいる。些細だが、だいぶかないそうにないのが無念である。

近い未来、上演されるだろう芝居の稽古をしている。いわば私の本職をやっておるわけだが、なかなか通常通りとはいかない。尋常でないストレスが溜まっている。家に帰ると肩がガチガチに凝っている。妻に指圧を頼んでも硬すぎて指が入らないという。なので、ソファに座って焼酎のソーダ割りを飲みながら、酔っ払って眠くなるまでボーッとしているだけだ。いや、私だけではない。キャスト、スタッフ全員が静かなピリピリムードの中仕事をしている。

もちろんコロナ禍の中芝居を作っているからだ。稽古前にまずＰＣＲ検査を受けた。稽古場にお医者さんに来てもらって唾液の検査をしてもらうのだが、相当量の唾液を出さねばならず、皆、必死にぺっぺっとやっている。田舎の不良の群れのようだった。検査結果が出るまでの二日間、気が気ではなかった。今回はミュージカルであって、歌や踊りの稽古もあり、やることは山ほどある。誰かが陽性となれば復帰を二週間待つことになる。一カ月ちょっとしか稽古がないのに、とても待てない。なので、とてつもなく長く感じる二日だった。全員陰性。ホッとした。

稽古場には厳しい掟がしかれている。ＰＣＲ検査を受けていない人間の出入り禁止。入り口での検温。キャストもスタッフも、着くなり、外で着ていた服をすべて脱いで、別の服に着替えなければならない。もちろん稽古時は全員マスク着用。喫煙場での会話禁止。持ち物を床に置かない。やっかいなのが、稽古を長時間やるので、皆休憩時間に軽食をとるのだが、そのさい、建物の四階にある「憩いの場」というところで「無言で」飲食せねばならないという強硬なルール。そしてもちろん「誰も飲みに行ってはならぬ」という、もう逆にどうやればコロナにかかれるの？というような厳戒態勢で芝居を作っているのだ。

私は、演出家なので十分の休憩中、スタッフやキャストから必ずなにか質問を受け、それに五分は割かれる。そのあと、トイレに行ったらもうなにも食う時間はない。しかたないので、ベビーチーズをコンビニで買い、トイレまでの階段の途中でマスクの下に押し込んでちょっとずつもぐもぐ食べて飢えをしのいでいるのだ。これがほどなく還暦になる男の食事であるとはつくづく情けない。

しかし、やはりなによりキャストやスタッフと無駄話ができないというのが一番こたえる。絵画や小説のように一人でものを作る作業ではない。いつもなら、休憩時間や飲みに行ったりして無駄話をしながらコミュニケーションをとり、その中で個人個人の調子を聞き、アドバイスをし、または、アイデアを得たりするわけだが、それが今回一度もできぬまま稽古終了に向かおうとしている。

先日、二度目のPCR検査を受けた。二日後、全員陰性となった。神に感謝した。

十月、Go Toトラベルが東京でも解禁になった。正直やめてくれ！と、思った。芸能の世界ではあいかわらず、ピリピリムードは続いている。ニュースになったらそれまでよ。なのである。

病気より、世間が怖い。薄氷を踏む思いで稽古は続く。幕が開け、マスクを外して本番を迎えるビジョンが見えぬまま。いや、ものすごく歌うんですけど、マスク外したら意味なくない？　そのジレンマを皆と笑い話にしたい。ストレスは家飲みの一人酒に向かい、日々、部屋でベロベロになる。


資本主義の国だ。金さえあればたいがいのものは手に入る。しかし、いくら金を積んでも仲間と雑談ができない。帰り道、渋谷の町でぞんぶんに酔っ払っているサラリーマンたちを尻目にほぞをかむ。

地球よ止まれ！　僕は雑談がしたい！

家系ラーメンに、罪悪感のためほうれん草をトッピングしすぎて最後まで食べられなかったことを今さら後悔している。


人生って、なんなんだ。

第三十一回　皮肉がいつも横たわっている

『フリムンシスターズ』という新作ミュージカルをシアターコクーンで上演中だ。言葉通りの艱難《かんなん》辛苦《しんく》を乗り越え、毎ステージ上演でき、お客さんが劇場に来ることのありがたみを日々噛み締めている。

前回、稽古中二度のＰＣＲ検査を受け、全員陰性となり神に感謝したと書いたが、皮肉にも、原稿を上げた直後、主役の一人である阿部サダヲがコロナにかかり「神様、この感謝聞いてなかったかね？」と、胸ぐら掴みたいような気持ちになった。無症状ではあったが、二週間ほどの隔離が必要とのこと。

二週間といえば、もう、稽古場から劇場に入る頃である。芝居の稽古にとって、最後の仕上げにかかる重要な時期だ。我々もＰＣＲ検査を受け直し、結果が出るまで自宅待機。稽古場は完全に機能停止した。

前回も書いたが、徹底した対策をとっていた。稽古後飲みに行けなかったのは非常につまらなかったが、ひたすら我慢、家に帰ってＴＶ版の『鬼滅の刃』を見ながら、一人焼酎のソーダ割りを飲んでいたら、いつの間にか「『鬼滅の刃』の登場人物が言わなそうなことを『鬼滅の刃』の登場人物っぽく叫ぶ」という謎の芸ができるようになってしまった。どんな状況でも遊びを見つけるのが腐らないこつだ。

しかし、稽古中は、かなり心が折れそうになった。阿部以外は皆陰性で稽古場に戻ったが、何しろ時間がない。私は出演していなかったので「いっそセリフを覚えて舞台に立ってやろうか！」と思った瞬間もあったが、台本をざっと見てすぐに白旗を上げた。セリフが多すぎる。三谷幸喜さんは、ある公演で、病気で休まざるをえなかった女優さんの代わりに、台本を持ちながら本番の舞台に立ったそうで、それはそれですごく見たかったが、今回は阿部にしか歌えない音程の歌が何曲もある。さすがに無理だ。やむをえず、代役の俳優を呼び、稽古場の様子をZoomで別の場所にいる阿部に確認してもらい、稽古を進めるという手段をとった。代役をやってくれた井上という俳優は、もともと大人計画に所属していたこともあり、おおいに健闘してくれたが、稽古をすればするほどストレスが溜まる。

「阿部はそんな演技しないんだなあ…」

なにしろ、当たり前であるが彼は阿部じゃない。

「ちょっと待て、おまえ、阿部じゃないじゃないか！」

何度もそう詰め寄りたかったが、「松尾さんついに頭がおかしくなった」と思われるのでぐっと耐えた。それくらい阿部はスペシャルな俳優なのだということを思い知るばかり。代役相手に稽古をし続ける俳優たちにもストレスは溜まっているだろう。

そんな苦渋の日々が続いた。

そして自粛期間が終わりようやく稽古場に戻ってきた阿部は、陽の光を浴びていなかったせいか真っ白な顔で、とても弱々しく見えた。ずいぶん長い間喋っていなかったので声がか細い。四キロも痩せたという。無症状だったのに。コロナより確実に自粛にやられていた。

やばいな、と思ったが、心を鬼にして稽古をやるしかなかった。

最初の二日間ほどは「これ、初日には幕、開かないかもしれない」と思ったが、劇場に入ってからのリハーサルで阿部は持ち前のエネルギーでもって巻き返した。長澤まさみさん、秋山菜津子さんら共演者たちは、腹をくくって阿部をサポートしているように見えた。

結果、初日に幕は開いた。満足な稽古はできなかったし、みな、ボロボロに疲れ果てているはずだったが、何度も笑いをとり、拍手の起こる歌もいくつかあった。劇場は満席とは言えないが、カーテンコールでは怒濤の拍手が起きた。肩から力が抜けた。本番中、とんでもない力が肩に入っていたのがわかった。終演後、皆に挨拶を、と言われたが声が震えて「ありがとう」以外の言葉が出なかった。

神頼みというのはなにか演出家として無責任な気がして、普段は絶対にやらないのだが、開演前、皆に内緒で劇場の神棚に手を合わせていた。成功を祈ったわけじゃない。もうこれ以上、災いをくれるな、というお願いだ。いいかげんにしてください、と。

ようやくこれで『フリムンシスターズ』はスタートラインにたてた。しかし、薄氷を踏む思いは終わらないだろう。

誰に向けようもない怒りが、ずっと腹に溜まっている。そして、皮肉にもその怒りがこの芝居を牽引する力となっている。それは見に来てくれたお客さんには伝わるはずだ。

私の前にはいつも皮肉が横たわっている。だから「笑い」をやっている。

人生って、なんなんだ。

第三十二回

初めて客に拍手した日

新作ミュージカル『フリムンシスターズ』大阪公演は、厳戒態勢の中上演された。なにが厳戒といえば、俳優やミュージシャンたちが公演後飲みに繰り出さないようにである。

「もし飲みたいのであれば、ホテルの部屋でお願いします」

そう告げるプロデューサーWの目は、まじ、である。

稽古が始まって東京公演が終わるまでの間、さまざまな演劇の公演が、関係者のコロナ感染により中止に追い込まれた。そのたび、背筋が凍る思いをした。皆、我がカンパニー同様対策に気をつけていたと聞く。公演後、見に来た知人との面会、および差し入れ禁止。終わったら楽屋でだらだらお喋りもせず、即帰る。そんなストイックな本番を続けているのにもかかわらず、感染者は出る。出てしまう。まったく他人事ではない。なので、味気なさだけぐっと飲んで酒は飲まないしょっぱい東京公演を一月続けた。その間、冬になりＧｏＴｏも始まったせいか感染者はどんどん増え、特に大阪は感染率が爆上がりしている中、大阪公演が始まったのである。

大阪っていえば、お好み焼きじゃないですか？串カツじゃないですか？鶴橋の焼き肉じゃないですか？安くてうまいグルメがとぐろを巻いて待ち受けている町じゃないですか？そういう場所に繰り出したくて地方公演ってあるもんじゃなかったんですか？どうですか？

我々に配られたのは朝昼晩の弁当なのである。

「とにかく、町には出ないでください」

そう告げるプロデューサーWの目はもう涙目である。そう言われなくても吉村知事により、大阪の飲食業界には夜間十時以降自粛の要請がなされていた。そして『フリムンシスターズ』の終演は、十時過ぎなのである。

万事休す。こうして俳優たちはホテルと劇場をただタクシーで行き来するだけ、というきわめて懲役めいた前代未聞の大阪公演を敢行することになったのだった。

まあ、でも安心感もあった。大阪入り前にもPCR検査をうけ全員陰性。これなら誰もコロナに罹《かか》りようがない。私は、もうこの芝居大丈夫！と思って、別の仕事もあり三日目に東京に戻った。

その日のうちにWから電話があった。

「すいません、松尾さん。関係者が一人、三十八度の熱を出しまして…その後、何度測っても三十七度から下がらず…」

「まじか……」

私も今まで色んな種類の「まじか」を発してきたが、これほどに深みを帯びた「まじか」が口から出たことがなかった。

「なので、今日中に本人含め、キャスト、スタッフ全員濃厚接触者の可能性があるのでPCR検査をうけてもらうことになりました。結果が出る明後日まで、二公演、中止という運びになります」

「もし、誰か一人でも陽性になれば？」

「…おしまいです」

Wの無念がスマホ越しに心に刺さった。稽古初日から心を鬼にして口うるさく感染対策を俳優やスタッフに言い続けてきた女だ。それもこれも実際稽古中にコロナ感染者が出て危ぶまれた公演をなんとか立て直し、最後までやり遂げるためだったのに。

2020年という年に、演劇を上演するという難しさをどうにかこうにかすり抜けてきたつもりだったが、とうとう、運がつきた。三十年以上芝居を続けてきたが、公演を中止するのは初めてのことだ。無力だなあ。私は居間のソファにへたりこんだ。そしてスマホを開いた。『フリムンシスターズ』のグループラインというものがあるのだが、誰もがみな、「ただの風邪だよ」「明後日また劇場で会いましょう！」などと気丈な振る舞いを見せている。それを見て、公演中止になって誰よりへこむのは彼らなのに、私が落ち込んでどうする、という気になった。コロナ禍で、この状況を見込んで上演中止を選んだカンパニーもいくつかある中、上演を決行したのだ。そのリスクは承知の上のはずじゃあないか。もはや差し歯がかけるほど歯を食いしばって結果を待つしかなかった。

二日後、Wからメールがあった。

「キャスト、スタッフ全員陰性でした！ 再上演決定です」

五回目のPCR検査である。じゃあ、あの熱はなんだったんだという疑問はあるが、なにか奇跡のように思えた。

とにかくこうして我がカンパニーは大阪千秋楽をどうにかこうにか迎えることができたのだった。ボートに空いた穴を必死に塞ぎながら海を漂流するような公演だった。穴は確かに空いたが、港にはたどりつけたのだ。

最後のカーテンコールで私は舞台に上がり客席に向かって拍手した。こんな状況でも芝居を見に来てくれるお客さんに拍手しないわけにはいかなかった。これも演劇人生初めてのことである。
俳優たちに拍手され、お客さんはなんとなく照れくさそうな顔をしていた。その光景は少しだけ面白かった。

人生って、なんなんだ。

第三十三回　ゴミと禾偏の部屋

もっぱら家にいる子だった。テレビを見たり絵を描いたりするのが大好きで、母の口癖は、「どっか遊びに行きなさい」。それで外で遊ぶと必ず怪我をして帰ってくるのである。友だちの前でなにかこう虚勢を張り、崖から飛び降りたり、捨ててあったガラスを蹴破って痛い目に遭うのである。なので、私にとって外で人に会うのは非常に疲れることだった。

でも、今、心から思う。人に会いたいと。特にZoom会議にWi-Fiの調子の悪い人間が参加し、耳障りな不協和音ばかり鳴らして何を言っているのかわからないときなど、切実に思う。もう、直接喋ろうよ！と。

この間も外出制限がかかっているフランス在住の女友達からメールが届いた。

「夫のことは大好きだけど、夫以外の男に会いたい！」

それはある種の誤解をモノともしない悲痛な叫びだった。日頃人に会うのを億劫《おっくう》がる私ですら人に会いたいと思うのだから、社交的な彼女にとって今の状況はのっぴきならない地獄だろう。フランスでは法を犯して二千五百人が集ってパーティーをやらかしたという。「会いたい」という気持ちは、時に暴動めいたものすら煽りかねない。

そうでなくても五十歳も過ぎるとそうそう新たな出会いなどない。気づけば同じ作家、同じ俳優とばかり仕事をしている。人生というシーソーは無難な方に順調に傾くようにできていて、それでも、私のシーソーはタガが外れているらしく、去年は刺激的な出会いがあった。

大谷皿屋敷という三十歳の男は最近会った人間の中でも図抜けて面白い。劇団地蔵中毒という劇団の主宰で、名前も劇団名もすでにおかしいのだが、初めて会ったとき、明らかに彼は涙ぐんでいたのだ。長いこと私に憧れていたのだという。

正直。怖かった。

好かれるのは嬉しい。しかし、涙ぐむほど好かれてもこちらは代わりに差し出すものがない。とりあえず、メールだけ交換してその日は別れた。

それからしばらくして彼からメールが来た。

「松尾さん。『家、ついて行ってイイですか？』に出たので見てくれませんか」

言わずとしれたテレ東の人気番組だ。早速私は見た。そして驚愕した。彼がスタッフを案内したロフト付きのアパートは、とんでもないゴミ屋敷だったのだ。床一面コンビニ袋のゴミで覆い尽くされている上に、芝居の小道具で使った発泡スチロール製の巨大な「禾偏《のぎへん》」が無数に壁に立て掛けてある。あなたは見たことがあるだろうか。ゴミと禾偏で満たされた現代人の部屋を。まあ、古代人でもないだろうが。そのゴミの中から私の著書を引きずり出して彼は言うのだ。

「松尾スズキさんのファンで…」

正直、さらに怖かった。こんなやばいやつだったとは…。

それでも、その後、Ｚｏｏｍで何度か会話するうち、怖いより面白いが勝つ男なんだな、というのがわかってきた。お父さんが公認会計士なのにまったく働かない男で、だからこそ、家で勉強をいっぱい教えてくれて、それで北海道大学に受かったり、とにかく靴下を履くのが嫌いで真冬でも裸足にサンダルで、それでも靴下が必要なときに備えてズボンのポケットを靴下でパンパンに膨らませていたり。ついに一緒にテレビの仕事をするまでになったのだが、外だというのにうっかりスリッパで来たり。普通だったら引いてしまうのだが、なんだか妙に明るいので「まあ、ありか」と思わせる不思議なムードを持っているのである。

そんな彼を脅かすツワモノにも会った。最近一緒に仕事を始めた某若き女性ディレクターなのだが、「子供の頃どんな遊びをしていた」という話になって、「草むらから転がり出て、知らないおじさんに青ざめた顔で『い、今、西暦何年ですか⁉』って聞く遊びをよくしていましたねえ」とヘラヘラしながらのたまうのだ。タイムスリップしてきたという設定である。さすがに唖然としていると「いえ、いえ、それをやるときは、自分の県でやったらさすがにやばいんで、他県に行ってやってましたけどね」という。いや「いえ、いえ」じゃあないだろうと思う。「それ一人でやるの？」と聞くと「ええ」と、こともなげに言う。最近は、忘れられた他人のタイムカプセルを掘り起こす遊びにはまっているのだとか。

そして、その話を聞いていて一番面白かったのが、「くそ、僕もこれくらい面白くなりたい！」と悔しがっている大谷皿屋敷だった。

不安だからこそ、くだらないことを考えたいときもある。

還暦も近くなって、しかもコロナ禍で、面白い人間に出会えるというのもなかなかツイてるのかもしれないなあと思ったものである。

ここ一年近くずっと真剣に思っている。

人生って、なんなんだ。

第三十四回

人間か、それ以外か

家にまつわる「なんとも言えない話」である。

最初の結婚のとき、二階建ての家を借りた。下北沢の片隅の、一階がリビング、二階が寝室と仕事部屋という小さめな家だが、それまでのアパート、マンション住まいを思えば、家に住む、それも二階建ての家に住むというのは、生活者として別格、という気分だった。しかも玄関の前は、舗装されていない広めの駐車場になっており、ドアを開ければ庭までついているような気に、まあ、がんばればちょっとだけなれたのである。

しかし、住んですぐになにか不思議な空気が家の周囲に漂っているのを感じた。なんとも言えない、挑発されているような嫌なムードだ。「来いよ、来いよ」と手招きされている。そんな不穏さ。

そう思った次の日、玄関のドアを開けた私は愕然とした。

ドアの前にウンコが置いてあるのである。いや、ウンコは置くものじゃない。するものだ。しかし、そのウンコの大きさはどう見ても人間のもの。人間がこんな場所でウンコをするわけがない。となれば、誰かがしたウンコをわざわざ私の玄関の前に運んで置いたに違いない。なんて凄まじい悪意! 私は興奮して部屋に戻り当時の妻に「戦争だ! 戦争をしかけられている!」と息巻いた。元妻は、ウンコなど全然平気らしくさっさと片付け、「様子を見よう」とだけ言った。

次の日、またドアの前にウンコはあった。私は「ひい!」と叫ぶなりウンコを飛び越え、外に出て、町をうろつきながら、「誰が」「なんのために」を延々考えた。

だが、答えは出ない。軋轢《あつれき》が生まれている。これが家を持つということなのだろうか。しかし、軋轢が生まれるには住み始めて間がなさすぎる。などと思いながら、様子がおかしなやつはいないかと目をギラつかせるが、町は平和そのもの。なすすべもなく家に帰って、ドアの前のウンコをもう一度見てまた私は愕然とした。

ウンコではなかった。

限りなくウンコ色をしたカエルだったのである。それが昨日ウンコがあった場所に、ウンコ然として鎮座しているのである。

え？　これは、「いる」のか？　やっぱり「置かれた」のか？　置いたとすれば、カエルを置いて、どう思ってほしいのか？

混乱している私をさらに混乱させる出来事が起きた。自宅の脇から今まで見たこともないような大きな図体の猫がさーっと現れ、そのカエルを咥えるや、さーっといなくなったのである。愕然とした状態から、唖然とした状態の生き物になった私は「ええっと？」と、頭を整理しようと試みるがまったくまとまらない。ただ、なにか挑発されているような気配だけはとてつもなく感じている。

するとさっき逃げていった猫が戻ってきた。

フラフラで、虚ろな目付きで、しかも涎を垂らしていた。

カエルに毒があったに違いない。私の頭は見てはいけないものを見てしまった感でパンパンになり、家に戻って一連のとりとめのない奇妙な出来事と、うっすら感じる悪意について一晩中考えていた。

次の日、ドアを開けて、私は「あーっ!」と叫んでしまった。

昨日の猫が、玄関の前でウンコをしていたのである。

見たこともないような大きさの猫のウンコであるゆえ、人間のもののように大きかった。確実にそのときは怒りより、「謎が解けた」という気持ちで心の中でガッツポーズを決めた。ウンコは「人間の手によって置かれた」わけではなく「猫にされた」のである。これは単純な話だ。

私は大声で猫を追い払い、ああ、人間のやつでなくてよかった、と深く息をつくことができたのである。

しかし、おかしなもので、まだ、挑発の気配があるのだ。視界の片隅で「来いよ、来いよ」となにかが、まだ、煽っている。

ハッとして、玄関の脇の地面を見ると、半分だけ白い指が突き出て、ずっと「来い来い来い来い」と、招いているのだ。

夢でも見ているような気持ちだった。これか?ここのところ感じていた挑発的気分の正体は。と、思ってさらに見ると、それは、指ではなく芋虫だった。芋虫が地面の穴から出ようともがいているだけなのだった…。

この一連の出来事に意味を見つけようとしても無駄である。なにしろこれは「なんとも言えない話」なのであるから。人生には「意味のある話」より、「なんとも言えない話」のほうがはるかに多いのである。誰かに悪意を持たれている気がしてしょうがない人は、一度、自分の家の前の地面を見てみてほしい。

人生って、なんなんだ。

第三十五回　食える食えないの話だ

二十八歳の頃だったか二十九歳の頃だったか。私はそれまで同棲していた女性と別れて、長らく住んでいた下北沢を離れ、笹塚に越した。何度もいう話だが笹塚には、すでに劇団員の池津祥子がいたり、宮藤官九郎や顔田顔彦がバイトしている居酒屋があったり、ちょいちょい遊びに行っていたのでなじみのある街だった。そのうち宮藤も越してきて、みんなしょっちゅう集まってバカ話をしたり誰が読むのだというようなミニコミ誌を作って遊んでいた。

金はなかったが、時間は永遠かというほどあった。

その頃、ラジオのレギュラーの仕事が入った。この世界に入って初めて出会った演出家・宮沢章夫さん(当時は放送作家もやっていらした)に「松尾くんは、声がいいからな」と、松尾貴史さんが生でやっていた帯番組の中の、コントのコーナーに出ないかと誘われたのだ。

宮沢さんが台本を書き、松尾さん、若きふせえりさん、私、三人で月曜から金曜まで十分のコントを演じた。金曜日の深夜に集まり、宮沢さんの台本で、生放送でコントを一本。そして、それから朝までかかって、宮沢さんのアイデアを元にみんなでネタを出し合い、それを放送作家で宮沢さんの弟子筋の高橋洋二さんが原稿にまとめ、月曜日から金曜日までの放送分四本のコントをじっくり収録するのだ。

宮沢さんが「レストランのコントにしよう」というと、松尾さんがコック長、私がボーイ、ふせさんが客、というふうに役柄が決まっていき、宮沢さんの提案した話の流れに従って、アドリブでセリフを言っていく。松尾さんはすでに名のある芸人だし、ふせさんは宮沢さんのもとで、アドリブで芝居を作っていくのになれている。私も、当時の大人計画では稽古場で口立て(その場で思いついたセリフを俳優に伝えて喋ってもらうこと)で芝居を作るようなことを習慣的にやっていたので、軽快なテンポでコントは作られていった。もちろん、宮沢さんも松尾さんも尖っていて、つまらぬことを言うと軽蔑されるんじゃないかという予感で、必死ではあったが。

宮沢さんが完全に一人で書くときもあった。宮沢さんは私が認める数少ない天才ではあるが、なかなかできずに夜が明け始めるときもある。そういうときは、宮沢さんは笑いながら「助けてー！」と、叫び、それを見て我々も笑っていた。できない、なんていうことはないと皆信じているからだ。

宮沢さんはとてもかわいい字を書く人だった。尊敬する人のとって出しの原稿を読める特権に脳が痺れた。確実におもしろいのだから。

とにかく我々は仕事中よく笑った。自分たちで作って自分たちの作ったものに涙せんばかりに笑っているのだ。なんというか、その現場には「最先端のおもしろいものを作っているんだ」という矜持に守られた幸せな空気が流れていた。だいたい午前二時頃、出前をとって親子丼など結構ガッツリ目のものを食うのだが、なにしろ私達は「おもしろいもの」を作っているのだ。罪悪感もなければ太る気もしなかった。

私は頼まれてもいないのに、短いコントを鉛筆でノートに書きつけていた。その場には宮沢さん、高橋さんと、作家が二人もいる。なので、自分から「これどうですか？」と差し出すことはない。ごくたまにどうしてもアイデアが出ず、現場が膠着する時があり、そういうときに「あのー、こんなのありますけど」とおそるおそるノートを差し出すのだ。

それが採用されたときの嬉しさたるや。松尾貴史さんという一流の「声芸人」に演じられる喜びたるや。もちろんノーギャラであるが、自分の笑いが放送される喜びの前には、そんなものはどうでもよかったのである。

明け方、いつも、帰る方向が同じである宮沢さん松尾さんと三人でタクシーに相乗りして帰宅した。昇り始めた朝日を浴びながら「ああ、おもしろいものを作れた」という充実感で私は満たされていた。

二十八歳の頃だったか、二十九歳の頃だったか。三十歳になって食えなかったらやめてしまおうと、大人計画を作った時にぼんやり考えていた。やめて、浮浪者になろうと。

放送は二年間続き、その二年間の間にエッセイの仕事や俳優の仕事が続々入るようになり、なんとかしっかり目に食えるようになった。宮沢さんにはいまだに感謝しかない。

あの頃、夜ベッドに潜り込み寝落ちしながら私は心の中でよく呟いた。

「食えていく…食えていく…」

極上の時間だった。童貞でなくなる瞬間のように、もうあの甘美なひとときは二度と味わえないのだ。それは少しさみしい。笹塚深夜二時頃の愉悦。

食える食えないの話じゃない、うけるうけないの話だ。そう考えるときもある。

しかしあの頃を思い起こせば俄然こう思う。いやいや！　食える食えないの話だろ、絶対そうだろ！　と。

人生って、なんなんだ。

第三十六回

覗かせる勇気について

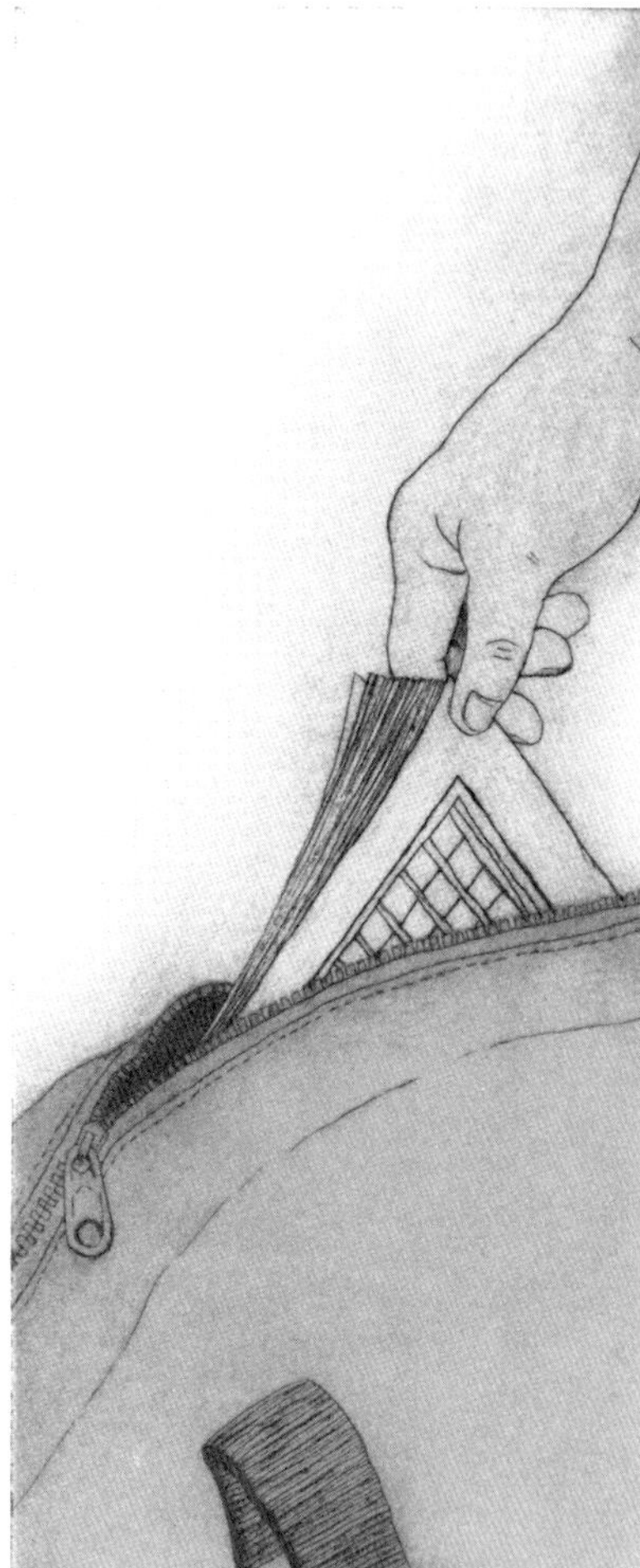

Oさんが病気で亡くなったと、先日聞いた。もう三十年以上お付き合いがないので人づての人づてだ。私がいた九州の大学の演劇研究会の二つ上の先輩だった。目つきのやたら鋭い人だった。

私はそもそも漫画家を目指していたので、演劇にはまったく興味がなく、漫画研究会に属していたのだが、美術科のある大学の漫研は非常にレベルが高く、デッサンの勉強もせずにデザイン科に潜り込んだような私にはとても太刀打ちができず、居場所をなくして幽霊部員になっていた頃、斜め前にある演劇研究会から発声練習が聞こえてきて「なにやらおもしろそうだ」と思って、ドアをノックしたのである。

劇研の部屋は狭く、汚く、メンバーは五、六人しかいなくて、みな寡黙な感じで始終タバコを吸っていた。その中に一人ガハガハ笑う豪快な人がいて彼女は後に東京に出て、なかじまましという物まね芸人になった。私は多分「いやすそう」と思って「いれてください」と言ったのだと思う。先輩たちは、床の上のゴミをどけて、私が座る場所を作ってくれた。

私は入会するなり演劇にハマった。それまで、授業が終わればバイトに行くか本を読むか絵を描いて過ごしていた自分にとって、大声を出したり体を動かしたりすることが、それだけでおもしろかったのだ。私は動きが変らしく、なにをしても笑われるのだが、それを悔しいと思う回路がなく、うけた、と喜んでしまう。笑われてもいい、うけたい。自分が笑いを発動しているとき、自分は世界の中心にいる。そんな気分になるのである。

大学の授業というのは急に一コマ、二コマ空くことがある。家が遠かった私は時間の潰し方にあぐねていたのだが、そんなときは誰もいない部室に行って、本棚の戯曲をひたすら読んでいた。野田秀樹、別役実、清水邦夫、つかこうへい、唐十郎……。初めて読む戯曲というジャンルの読み物は難解であったが、小説に比べ実験的なものが多く刺激的で、特につかさんの戯曲は毒があり、笑えるところもいっぱいあって、エッセイなども出されていたのでそちらは図書館で借りてむさぼり読んだ。そして、いつしか戯曲を書きたいと思うようになった。笑える戯曲を。

劇研に入って夏休みになる頃には原稿用紙に八十枚の戯曲を仕上げていた。しかし、誰にも読ませる自信がない。既成の戯曲ばかりを上演していた劇研がいきなり新人の戯曲を上演するというのは、かなりハードルが高い。いつも鞄には入れてあるが誰にも見せあぐねていた。

夏休みになって私は新幹線の売り子のバイトをすることになった。動機は単純。ただで東京に行けるからだ。九州の田舎に住んでいたので一度は東京で本物の演劇が見てみたいと思ったのである。出発駅は博多。私の家からは遠いので、香椎という博多に近い町に住んでいたOさんに頼んで、アパートに泊めてもらい、そこから職場に向かった。三畳一間。壁に十円玉を入れる穴が空いていて、入れると五分間ガス器具が使えるという不思議な家だった。

新幹線のバイトは過酷だった。博多から出発して東京につくまで七時間休みなし。さらに、その後、日暮里の宿舎に向かって、車内レストランのコックたちのまかないを作らなければならなかった。そうこうするうち日も暮れ、疲れ切って眠り、次の朝にはもう新幹線に乗らなければならない。結局、Oさんの家と日暮里を往復するばかりの日々の中、私は一度も芝居を見ることもなく、「売上が悪い」と言われ、クビになってしまった。

お世話になりました、と、Oさんのアパートを出るとき、「読んだぜ」とOさんに言われた。戯曲のことである。「読んでほしかったっちゃろ?」。Oさんはニヤリと笑った。私はアパートに置かせてもらった自分の荷物の中から、ほんの少しだけ原稿用紙を「さりげない感じ」で、かつ「タイトルが少し見える感じ」で覗かせていたのだ。図星である。私は顔を赤くして、黙ってOさんのアパートを去った。読んではほしかった。でも、今度は感想を聞く勇気がなかったのだ。

「読んでほしかったっちゃろ?」

Oさんが亡くなったと聞いてまず思い出したのは、あのニヤニヤ顔だ。

めちゃくちゃ恥ずかしかったぜ! Oさん!

結局それ以来、十八歳で書いたその戯曲は、誰にも読ませず未だに我が家のどこかにある。私の読者第一号のOさんは、死んでしまった。処女作はずっと宙に浮いたままだ。

私ももうすぐ還暦。聞きたいことを聞けぬまま死んでいく人は、これからどんどん増えていくばかりだ。

やっぱり勇気を振り絞って聞くべきだったのだろうか。でもやっぱり無理だった。ウブな私は靦から戯曲を覗かせるだけで勇気を使い果たしていたのだから。

人生って、なんなんだ。

第三十七回　ダメな大人というプレイ

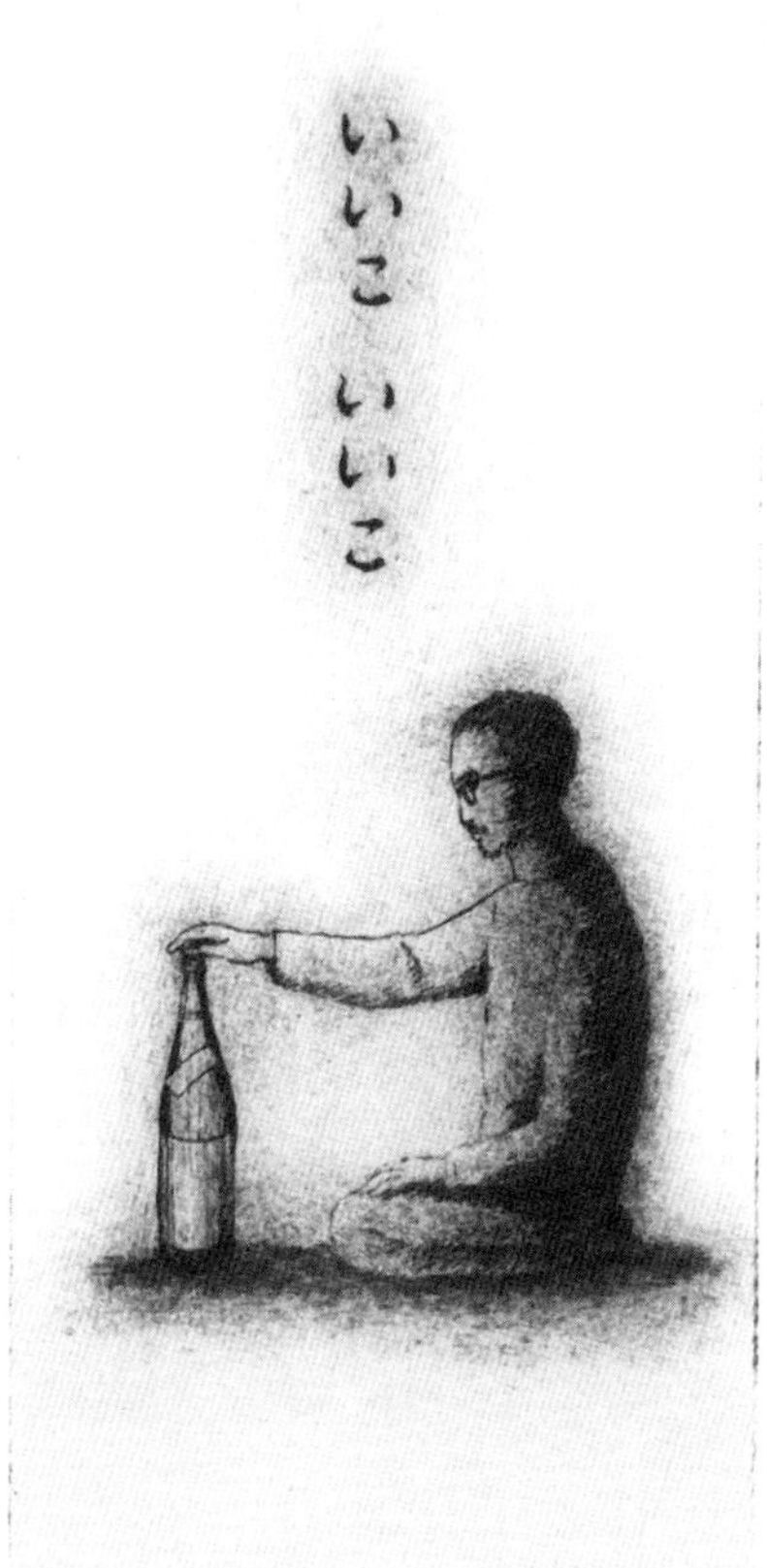

この間、某アーティストの方と対談をして「僕は、ずっと酒が飲めなかったんですが、酒が飲めるようになって百の感じでよかったです。百なんです！」と力説された。「よくないところが一もない」と。それはいい出会いとお付き合いをされているのだろうなと、酒飲みとしては勇気づけられるひとときとなった。

私は、ほとんど毎日酒を飲んでいるのである。ひかれるかも知れないが、夜、仕事のない日は、夕方六時から十二時ぐらいまで居間のソファで飲んでいる。それ以上だって飲みたいのだが、十二時をすぎると、妻からの「いつまで調子こいて飲んでいるのだ」という視線を感じてしまう。それでも、たとえば、仕事で十時くらいに帰るとなると十二時には飲み終わらない。なんだかんだ理屈をつけて一時くらいまで飲んでしまう。幸い夜の一時半には、どんな日であれ眠くなってしまうのでそれ以上は飲まない。

飲んで何をする？　何もしない。ちょっと前までは映画を見ていたが、最近、飲むと筋がわからなくなってくるので、録りためたバラエティやネットフリックスのドキュメンタリー、それかユーチューブをぼんやり見たり、雑誌をパラパラめくってみたりするだけだ。妻は隣で『あつまれ どうぶつの森』を「よし、川ができた！」とか「またボラが釣れた！」とか、私には計り知れぬ喜びや怒りをつぶやきながらえんえんやっている。この夫婦の夜六時以降のダラダラ度はひどい。映画が見れていた頃ならともかく、私が飲み始めてからの時間はなんの人生の肥やしにもならぬ時間となる。

せめて他人と飲みに行けて世間話に花を咲かすことでもできれば、次の作品のネタも浮かぼうというものだが、私の今の晩酌は時間をドブに捨てているようなものだ。

だが、それの何が悪い？とも開き直りたい。遊びにも行けぬ今、私は時間をドブに捨てるというアトラクションの乗組員としてダメな大人をプレイしているのだ。これが意外といいのである。あぁ、自分ってダメだな、と、大手を振って開き直れる時間。そういうものも人間には必要なんじゃなかろうか。生産性というものにがんじがらめにされて生きるのもつまらないと思うのである。少なくとも下手な付き合い酒の数倍はいい。あれも時間をドブに捨てていることには違いないが、少なくとも独酌には自虐の趣がある。

とはいえ、ふと、「あの人はやっぱりあのとき怒っていたのだろうか？」とか「あのとき、なぜあんな恥ずかしいことを自分は言ったのだろうか？」とか、思い出してもせんない後悔に頭を占領され、私の場合そういうのがすぐ顔に出るらしく、妻に「どうしたどうした。暗くなってんじゃないの？」とつっつかれたりすることも時にはある。はぁ、いけない、とも思うが、そういった罪悪感や恥ずかしさというのは、意外と後々のコラムに生きてきたりするので、ネガティブな酔いも逆に肥やしとなるのが、私の酒のおもしろいところなのである。

最近、酒がかわいそうだなあとしんみりすることが多い。若者の酒離れ、というのは、ずい分前から言われていることだが、とにかくここのところ、酒の悪者扱いがえぐい。テレビでは、酒の提供のある店は、悪の巣窟のごとく言われ、ならばと道にたむろして飲むものは、愚連隊のように扱われる。そして、酒を売ったり買ったりという行為がどんどんしめつけられていく。

たしかに、酒の席での感染のリスクのことを言われればぐうの音も出ないし、私も人がわいわいいる店に入りたいとは毛頭思わない。毎日のように大勢の人間と出会って会話しなければならない仕事上、遊び歩くことはリスクでしかない。しかし、本来酒に罪はない。だから一人家で、酒と毎日向き合っているのだ。ただ、私も歳なので、どんどん酒が弱くなっている。へたすると夜の八時ぐらいにぐでんぐでんになるときもある。いつか酒で体を壊せば一生酒が飲めなくなる。それが一番怖い。

私は今、酒をテーマにした小説を書いている。誰にも頼まれてない。勝手に書いているのだ。酒に取り憑かれ酒に飲み込まれていく男の話だ。もし自分が酒を飲めなくなったら、この小説を別れの手紙にしようという腹である。

それぐらい酒には世話になった。

少なくとも今の妻を含め、これまで酒の力を借りずに女性とお付き合いできたことなど、人生でただの一度もないのだ。そのことを考えれば、ろれつが回っている間は大目に見てほしいと、口には出さねど思ったりもする。

人生って、なんなんだ。

第三十八回　チノパンと赤ワイン

飛行機は羽田空港の滑走路に着陸し、がたたた、と細かく震えながら到着口を目指してのろのろと前進している。

そして私は、着陸してから完全に静止するまで、こんなに飛行機というものは地面を移動するものなのか、と、頭の片隅でじりじりしつつ、ひたすら五十八歳の大人らしい謝罪の言葉を頭の中でシミュレーションするが、それでいて口から出てくる言葉が「もうしわけありません」と「すみません」ばかりであることに、顔面蒼白になっていた。Tシャツが、ものの一、二分でもって汗でべとつき始めているのがわかる。

プレミアムシートという席に座っていた。山形から羽田。国内を小一時間飛行するのに、普段そんな贅沢はしないのだが、今回は、仕事先のスタッフが用意してくれたので、遠慮なくそのゆったり目のシートに座らせていただいたのである。最前列の席なので快適だ。知らなかったが、プレミアムシートでは、軽食とアルコールのサービスまであるのだった。食事はすませていたが、アルコールには意地汚い方で、飲ませてくれるというのに飲まぬ選択はない。なにしろその日は大きな仕事を終え、帰宅するばかりなのだ。

ビールは空港のレストランで出発前の暇つぶしに飲んでいたので、赤ワインをいただいた。小さなボトルとプラスチックのグラスをうけとり、雑誌を読みながら、ちびちびやる。一時間なのであっという間だ。飛行機は高度を下げ、着陸態勢に入った。なんてことを思っていたら、がこん！と激しく機体が揺れ身体が前のめりになり、思ったより早く滑走路に着いたのがわかった。そのときだ。手すりに置いていた、まだ半分弱ほど赤ワインが残っていたグラスが衝撃で跳ね上がり、手前の壁にぶつかって、中身が飛び散ったのである。

隣には、私とおない歳ぐらいのおっさんが座っており、そのチノパンをはいた足に赤ワインの飛沫が威勢よくぶちまけられた。私には一切かからない。ただただおっさんのチノパンとニューバランスのスニーカーにだけ、赤い模様がまだらに散ったのである。

最悪。

私の頭をまず占領したのはその一言である。

iPadで映画を見ていた人生経験豊富そうなおっさんは、表情も変えずに搭乗時にCAからもらったおしぼりで赤ワインが飛んだ場所をぺしぺし叩き始める。

かつて、赤の他人に飲み物をこぼしたことが二度ある。そのときの記憶を一瞬で反芻していた。

一度目は、三十代の頃、下北沢のおでん屋。酔っ払ってカウンターでビールを倒し、隣のサラリーマンのスラックスをびしょびしょにしてしまった。私が「ごめんなさい!」と謝ると、リーマンは「ああ、ああ、これは…ごめんなさいだなあ」と、怒気をはらんだ声で言ったが、最終的には、「ま、ま、ビールだから、大丈夫っしょ」と許してくれた。二度目は、四十代。今回と同じ、飛行機の中だった。私は、着陸後、左手に水のペットボトルを持っているのを忘れて自分の荷物を荷物入れから降ろそうとして、ペットボトルの水を真下に座っていたリーマンの肩にかけてしまった。そのときは、少量であったが、何度謝ってもリーマンは、目も合わさず無言でスーツにかかった水をハンカチで拭きながら機内から出ていった。「ま、水だし！」と、なんとか自分を納得させたが、謝罪を受け入れてもらえない息苦しさは、数日身体の中でとぐろを巻き続けていた。

今回は赤ワインである。まごうかたなき、しっかり目の色がついた液体である。人にかけたらもっとも不快にさせるやつだ。おっさんは「もうしわけありません！」と謝る私を「大丈夫だから」というように手で制し、ただただチノパンの汚れをどうにかしようとしている。その表情はうつむいているのでわからない。CAはこの事態に気づいているようだが、機が静止していないので、席から動けないようだ。早く到着口に着いてくれと思うのだが、私の心をじらすように、ゆっくりゆっくりとしか動いてくれない。

クリーニングのお金を払うことも考えたが、自分が彼ならうけとるだろうか？ うけとらない。せいぜい二、三千円である。お互いプレミアムシートに乗れるような大人で、しかも、赤ワインが飛んだ理由の第一位は、着陸の衝撃が強すぎたことであるのもわかっているからだ。無理に払おうとすれば、逆に不快に思う可能性もある。

しかし正直、間が持たない。機内が静か過ぎる。これでも私は俳優だ。相手を不快にさせず、かつ本気度が伝わる音量で適切な謝罪ぐらいできるはずだ。そう思い、すうと息を吸い込んで渾身の「もうしわけありませんでした！」を吐き出した。するとおっさんは私にこう言ったのだった。

「一時間じゃ、飲みきれんですよねえ。大丈夫、ズボンからええ匂いがしますけえ」

どこの方言かはわからなかったが、そう言ってくれた。笑顔つきだった。

いったんホッとした。しかし、のろのろのろのろのろ、その後も飛行機は到着口を求めていっこうに停まらない。その間、やはり「すみません」「もうしわけありません」を繰り返すしかないほど、おっさんのチノパンは無残な状況で、しまいにはおっさんも私から浴びせられる謝罪のプレッシャーに「はっはっは」と、笑いだしてしまうのだった。

渾身の謝罪とそれを許すタイミング。どちらも早すぎたのだ。謝罪の牢獄と化した機体は、まだまだのろのろ進む。


人生って、なんなんだ。

第三十九回

渋谷の路上に投げ捨てて

昔、ある女性が公衆電話から私に電話してきた。

「あの人に連絡するように伝えて。私は渋谷の○○ってホテルにいるから」

ちょっと待て、と私は言った。携帯はどうした？　彼女が公衆電話からかけてくることなど初めてのことだった。

「何度かけても、あの人、出てくれないのよ。だから道に捨てた。つなげたいときつながらないなら携帯の意味がないじゃん」

ことの詳細は書けないが、彼女の携帯は二度と戻ってこなかった。日頃から劇的な女だったが、その日はことのほかだった。バカだなとも思ったが少しかっこよかった。

なにと引き換えにすれば、人は携帯を車や人の行き交う渋谷の路上に投げ捨てることができるだろう。

しかし私は、ここのところ、携帯を捨ててしまいたい衝動にかられている。携帯というか、スマホだ。スマホにいいようにやられている。そう感じているからだ。中毒になっている。はっきりそう言えるからだ。

写真がきれいに撮れるというのでガラケーからスマホに変えたのが十年ほど前。今も続いているメールマガジンで写真と文章の日記を書き始めたからだ。それ以来、スマホの便利さに舌を巻き続けている。カメラ機能は日々高性能化され、ラインは社交にも仕事にもとても便利だ。アップルミュージックで聴きたい音楽は数秒の手間で聴ける。なにか事件があれば、ＳＮＳですぐに調べられるし、ユーチューブやゲームでちょっとした暇はつぶせる。キンドルで欲しい本がその場で買えて読める。もし戦国時代の日本にスマホが一台あったら、その所有権を巡って名だたる大名が戦を始めただろう。それほどとにかくスマホは画期的で便利で魅力的だ。

しかし、去年私はスマホをぶっ壊した。ズボンの尻ポケットに突っ込んで自転車を漕いでいたら、道に落とし、ふり返ったときには後続の車に見事に轢かれてしまったのだ。びしぃっっ、と、スマホが潰れる音を聞いた。慌てて自転車を降りて、かけつけると、我がスマホは木っ端微塵になっていた。そのとき、かつてない感情が湧いた。スマホではなく、自分の心の中のなにかが死んだような喪失感を感じたのだ。

そんなおおげさな！

でも、ほんとうの話だ。

それから新しいスマホを手に入れるまでの落ち着かなかったこと。その頃、芝居の稽古中だったのだが、休憩時間になるたび無意識にスマホを手が探している。「いや、ないよ」と脳が再認識するたび落胆し、イラッとする。代わりに飴とかなめたくなる。それが禁煙を始め、タバコを捨てた頃の感覚にひどく似ているのだ。なぜ、スマホを探した？　自分に問う。なんの意味もない。ただ、触りたいのである。触って光らせたいのである。実際スマホに触るとアドレナリンが出る、という研究もあるらしい。

はあぁ、と私はため息し、確信した。中毒じゃねえか。そして、新しいスマホを手に入れなにをした？　どうでもいいラインをチェックし、ゆきぽよが髪型を変えた、とかの無意味なニュースを読んだだけだ。それなのに胸のつかえがおりた気がする。

今も、ゆきぽよとタイプした瞬間、どんな子だっけ？　と、スマホで検索しそうになって慌ててやめた。スマホでどうでもいい情報を調べるためにどれだけ時間を浪費したことか。私の頭の中は、コロナの情報、オリンピックの情報など知っておきたいニュースと同レベルで、ゆきぽよがやばいだの、藤田ニコルがかわいいだのという、人生に一ミリも役に立たない情報が渦を巻き、大事なこととそうでないことが混沌としている。いつか、コロナよりオリンピックより、みちょぱの情報が上位になる日が来るのか？　それは恐怖だ。

最近、ツイッターのアプリを捨て、意識的にスマホを飛行機モードにしている。どれだけスマホと関係なくいられるか自分を試しているのだが、この原稿を書いている間にもう三回も触った。

あのときの彼女だったら今の私になんと言うだろう。

「つなげないならスマホの意味がない。こんなめめしいことしてるんなら、渋谷の路上に投げ捨てればいいじゃん！」

そのとおりだ。そして、それが決してできないこともわかっている。

人生って、なんなんだ。

あとがき

妻がアニメおたくなので、よくアニメを見せられる。私のアニメ趣味はジブリアニメの時代でぱったりストップしたままなので、最近のアニメの絵柄はきつい。どれもこれも同じに見える。しかしこの「どれもこれも同じに見える」はくせものだ。その感覚にこそ老化の鍵は潜んでいる。そう、睨んでいる私は、辛抱して見る。すると、それぞれに微妙に個性があり、デッサンも昔より遥かに上手、話も込み入っていておもしろい。そういうものに共感できたときは「若返った！」というような気持ちになり、少しうきうきして洗面所に行く。そして鏡を見る。で、はっとする。最先端のアニメを楽しんでおきながら、宮崎駿みたいな見てくれの半老人がそこにいて、胸がきゅううううんとなる。宮崎駿は、転生したらスライムになっていたアニメなど見ないだろうなあ。つくづく初老だなあ、と思う。初老の男の見てくれにアニメは似合わない。

鏡の中の自分に似合うのは、アニメでなく渋い邦画であり、焼き肉のカルビでなくサワラの西京焼きであり、ラインのニュースでなく日本経済新聞であり、ふざけることでなく苦悩することである。私は、アニメも楽しめば、カルビも食いたいし、新聞はかさばるからとらないし、ふざけることを生業としている。ついこの間もショーンKの扮装で、でたらめなニュースを読む、というような仕事をしてきたばかりだ。

そう開き直ってしまいたいのに、見た目の津川雅彦的重厚さと内面のお調子者感の乖離を自分の中で処理しきれていない。

若い頃は、映画やドラマでは、こすっからい悪人の役ばかりやってきた。それはそれで楽しかった。だが、最近は、もっぱら重鎮っぽい役でキャスティングされることが多い。そして、重鎮っぽい役の人は物語の最後の方でなぜかセリフをいっぱい喋る。「あのときは、ああだったが、実は、これこれこういうわけでああなっていたのだ。うんぬんかんぬん、うんぬんかんぬん…おまえにはまだまだわかるまい」などといって、ニヤリと笑ったりする。口ひげをなでたりする。しかし「うんぬんかんぬん…」これを覚えるのが、つらい。若い頃はセリフの多さに一喜一憂してきた。二つしかないセリフを主役に飛ばされて一言しか喋れなかったときもある。「ああ」とか「そうそう」なんていうセリフなので、飛ばされてもスタッフは誰も気づかない。しかし、飛ばされた本人にしてみれば、たとえ「ああ」でも、セリフの半分を失ったのである。そんな日の帰り道は、とぼとぼ歩きながら口の中で何度も「ああ」を繰り返したものだ。「ああ」の成仏のためである。

　だが、今は「自分のセリフの半分くらい、相手が喋ってくれないかなあ」などと、覚えきれないセリフと悪戦苦闘しながら考えているわけである。タイムマシンがあるなら、このセリフ、過去の自分にあげられないかな、とも。

　人生もとうに折り返し地点を過ぎた。そろそろ店じまいを考える中、処理しきれない人生の謎についていつも考える。なぜ、思ったようにいかないのだ。なぜこう、なにもかも、ずれているのだ。

　しかし、こうも考える。

　思ったようにいっていると考えているうちは、まだ、人生のほんとうの扉を開けてないのではないか。ほんとうを生きてないのではないか。扉の向こうは謎ばかりだ。謎しかないといっていい。謎がある限り、それは、なにかの途中なのだ。なにかをなしえたと思っている人は、まだ扉の前にいる。途中ですらない。ＳＮＳのプロフィール欄に高めの学歴を書き込まずにいられない人を見ると、学歴という扉の前でうろうろしているだけじゃないか、と思う。

自分は、今日も意味もなくスマホをいじりたおしている。気づけば数時間ごとに更新されるネットのニュースばかり読んでいる。悲しいニュースに胸をいためることもあるが、誰それが炎上している、なんていうのを見るとアドレナリンが出る。どちらも自分。スマホなんて、マンションの窓から投げ捨てたいと毎日渇望するが、できない。それが自分のほんとうの姿だと考えるし、この醜さのレベルは人間の平均値なのだろうか、けっこう上の方だろうか、なんてことも考えて、さらに醜い姿になる。宮崎駿さんだって、ときには似たようなことを考えていると思う。思いたい。

いつも人間のほんとうの話を書きたいと思い煩っている。だから、このおのれの醜い姿を否定したくない。

人生って、ほんとになんなんだ。

松尾スズキ（まつお・すずき）

1962年12月15日生まれ。福岡県出身。作家、演出家、俳優。88年に「大人計画」を旗揚げ、主宰として多数の作・演出・出演を務める。活躍の場は劇団のみに留まらず、劇団外の公演にも作品を多数提供する。俳優としても舞台作品をはじめ、ドラマ・映画など多くの映像作品に出演。小説・エッセイの執筆や映画監督、脚本執筆など、活躍は多岐にわたる。97年、『ファンキー！～宇宙は見える所までしかない～』にて第41回岸田國士戯曲賞受賞。01年、『キレイ－神様と待ち合わせした女－』にて、第38回ゴールデンアロー賞・演劇賞受賞。04年、初の長編映画監督作『恋の門』がヴェネツィア国際映画祭に正式出品。06年、小説『クワイエットルームにようこそ』が第134回芥川賞にノミネート。08年、脚本を手がけた映画『東京タワー～オカンとボクと、時々、オトン～』にて第31回日本アカデミー賞最優秀脚本賞受賞。10年、小説『老人賭博』が第142回芥川賞にノミネート。16年、主演ドラマ『ちかえもん』が第71回文化庁芸術祭優秀賞受賞。18年、小説『もう「はい」としか言えない』が第159回芥川賞にノミネート。19年、正式部員は自身一人という「東京成人演劇部」を立ち上げ、『命、ギガ長ス』を上演、同作で第71回読売文学賞戯曲・シナリオ賞受賞。

人生の謎について

2021年9月24日　第1刷発行

著　者　　松尾スズキ
発行者　　鉄尾周一
発行所　　株式会社マガジンハウス
〒104-8003 東京都中央区銀座3-13-10
GINZA編集部　☎03-3545-7080
受注センター　☎049-275-1811
印刷・製本　株式会社千代田プリントメディア

ISBN978-4-8387-3183-1 C0095